COLLECTION FOLIO

Jean-Claude Brisville

Beaumarchais, l'insolent

*d'après le scénario
d'Édouard Molinaro
et
Jean-Claude Brisville
sur une idée de Sacha Guitry*

Gallimard

Né en 1922, Jean-Claude Brisville a fait toute sa carrière dans l'édition : Hachette, Julliard, Livre de Poche.

Auteur d'essais, de récits, de contes pour enfants, il s'est consacré au théâtre depuis 1982 : *Le fauteuil à bascule, Le bonheur à Romorantin, L'entretien de M. Descartes avec M. Pascal le jeune, La villa bleue, Le souper, L'antichambre, La dernière salve.*

Toutes ses pièces ont été éditées par Actes Sud-Papiers.

Beaumarchais, l'insolent

FICHE TECHNIQUE

Réalisateur :	Édouard Molinaro
Scénario, adaptation, dialogues :	Édouard Molinaro et Jean-Claude Brisville, librement inspiré de l'œuvre inédite de Sacha Guitry
Productrice exécutive :	Dominique Brunner
Directeur de production :	Claude Parnet
Photographe de plateau :	Arnaud Borrel
Directeur de la photographie :	Michaël Epp
Créatrice de costumes :	Sylvie de Segonzac
Chef coiffeur :	Jean-Pierre Berroyer
Chef décorateur :	Jean-Marc Kerdelhue
Chef monteuse :	Véronique Parnet
Musique composée et dirigée par :	Jean-Claude Petit

Produit par Charles Gassot
Une co-production Telema - Le Studio Canal +
France 2 Cinéma - France 3 Cinéma
Avec la participation de Canal +
Et le concours de la Procirep - Investimage 4 - Sofiarp 2

Avec, entre autres, dans les rôles suivants :

BEAUMARCHAIS	*Fabrice Luchini*
GUDIN	*Manuel Blanc*

MARIE-THÉRÈSE	Sandrine Kiberlain
LE DUC DE CHAULNES	Jacques Weber
LOUIS XV	Michel Serrault
LE PRINCE DE CONTI	Michel Piccoli
SARTINE	Jean-François Balmer
MARION MÉNARD	Florence Thomassin
ROSINE	Isabelle Carré
LE CHEVALIER D'ÉON	Claire Nebout
GOËZMAN	Jean Yanne
LE COMTE DE LA BLACHE	Martin Lamotte
L'ABBÉ	Jean-Claude Brialy
LOUIS XVI	Dominique Besnehard
MARIETTE LEJAY	Axelle Laffont
LORD ROCHFORD	Murray Head
MONSIEUR LEJAY	Patrick Bouchitey
LE COMTE DE PROVENCE	Pierre Gérard
FIGARO	José Garcia
LE COMTE ALMAVIVA	Niels Dubost
MARIE-ANTOINETTE	Judith Godrèche
MADAME VIGÉE-LEBRUN	Evelyne Bouix
ARTHUR LEE	Dominic Gould
BARTHOLO	Marc Dudicourt
SUZANNE	Cécile Van Den Abeele

Une rue de Paris, étroite et longue, où grouillent les passants.

Une mèche au bout d'une perche allume une lanterne.

Et devant un théâtre, une affiche annonçant : « *Le Barbier de Séville*, comédie en quatre actes de Beaumarchais. »

Tandis que le concierge du théâtre balaie devant la porte, un homme jeune, vêtu modestement, balluchon sur l'épaule, progresse difficilement au milieu de la foule.

Il arrête un passant.

LE JEUNE HOMME : Le Théâtre-Français, s'il vous plaît ?

LE PASSANT : Vous y êtes, mon prince.

Sur le perron, le concierge, un homme de forte corpulence et de mine revêche, ayant fini de balayer, rentre dans le théâtre, bientôt suivi, après quelque hésitation, par le jeune homme. Il traverse le hall désert et va frapper à la porte du concierge. Elle s'entrouvre.

LE JEUNE HOMME : Monsieur de Beaumarchais, s'il vous plaît ?

LE CONCIERGE (*sèchement*) : Monsieur de Beaumarchais ne reçoit pas. Écrivez-lui, si vous voulez.

Il reclaque la porte au nez de Gudin, mais à travers la vitre s'assure que l'intrus se dirige vraiment vers la sortie. Rassuré, il rabat le rideau. L'instant d'après, une silhouette traverse furtivement le hall et disparaît en direction de la salle.

Au balcon, Gudin pointe son nez en haut des marches. Sur scène, les comédiens répètent la scène 2 de l'acte I du *Barbier de Séville*. Gudin s'introduit silencieusement dans la première loge d'avant-scène. Ainsi que la salle, elle est dans la pénombre. Seules quelques chandelles éclairent la répétition.

Figaro et le comte s'affrontent :

FIGARO : ... *Un grand nous fait assez de bien quand il ne nous fait pas de mal !*

LE COMTE : *Tu ne dis pas tout. Je me souviens qu'à mon service, tu étais un assez mauvais sujet.*

FIGARO : *Eh ! Mon Dieu, Monseigneur, c'est qu'on veut que le pauvre soit sans défaut.*

Mais une voix s'élève dans l'ombre profonde de la loge.

LA VOIX *(bas)* : Pourquoi sont-ils si lents ?

Gudin découvre avec surprise une silhouette assise dans le coin le plus obscur.

GUDIN *(courroucé, à mi-voix)* : Parce que ce texte mérite que l'acteur s'y attarde à chaque mot.

L'INCONNU *(avec impatience)* : Ce n'est ni Marivaux ni Voltaire ! Il faut être léger au contraire. Et plus rapide.

Sur la scène, les comédiens se sont arrêtés de jouer.

FIGARO *(scrutant l'obscurité)* : Qui est là ? Auriez-vous l'obligeance de nous laisser travailler...

L'INCONNU : Pas comme vous le faites, en tout cas ! J'ai failli m'endormir.

Il franchit d'un bond la rampe, saute sur la scène — et Gudin, stupéfait, comprend que l'inconnu est sans doute l'auteur.

L'INCONNU : Reprenons, s'il vous plaît, et vivement. Juste après la chanson : « Eh non, ce n'est pas un abbé... »

FIGARO : ... *Cet air altier et noble...*

LE COMTE : *Cette tournure est grotesque.*

FIGARO : *Je ne me trompe point. C'est le comte Almaviva.*

LE COMTE : *Je crois que c'est ce coquin de Figaro.*

FIGARO : *C'est lui-même, Monseigneur.*

LE COMTE : *Maraud ! Si tu dis un mot...*

FIGARO : *Oui, je vous reconnais : voilà les bontés familières dont vous m'avez toujours honoré !*

LE COMTE : *Je ne te reconnaissais pas, moi. Te voilà si gros et si gras...*

FIGARO : *Que voulez-vous, Monseigneur, c'est la misère !*

Soudain, éclat de rire. Interrompus, les comédiens scrutent l'ombre de l'avant-scène, et, tout penaud, Gudin se lève lentement. Tout le monde a les yeux fixés sur lui.

GUDIN *(au comble de la confusion)* : Excusez-moi, Messieurs, je n'ai pas pu me retenir.

BEAUMARCHAIS : Vous avez très bien fait. Il ne faut jamais retenir un rire... Surtout devant l'auteur !

Sourires complaisants des comédiens, tandis que Beaumarchais, content de son effet, tourne déjà le dos à Gudin.
À ce moment, le concierge surgit dans la loge, fond sur Gudin et le soulève par le col.

LE CONCIERGE : Ah ! je me disais bien !... Le chenapan !

Et d'une main de fer, il entraîne le jeune homme vers la sortie.

GUDIN *(parvient à se retourner et crie vers la salle)* : J'ai une lettre pour vous, Monsieur de Beaumarchais !

Mais Beaumarchais n'écoute plus, et le concierge, tenant toujours solidement Gudin, cherche à s'emparer de la lettre.

LE CONCIERGE : Donne-moi ça, toi !

GUDIN *(qui se cramponne à un pilier)* : Monsieur de Beaumarchais... c'est une lettre de Monsieur de Voltaire !

Grand silence sur le plateau. Pour la deuxième fois, tous les regards se tournent vers Gudin. Beaumarchais s'avance vers le bord de la scène.

17

BEAUMARCHAIS : Vous connaissez Voltaire ?

GUDIN : Oui, mon père est son intendant.

BEAUMARCHAIS *(au concierge)* : Lâchez-le. *(À Gudin :)* Et vous, jeune homme, approchez-vous.

Empruntant le même chemin que l'auteur, Gudin vient offrir son enveloppe à Beaumarchais tandis que Rosine, pour mieux voir, s'approche.

BEAUMARCHAIS *(lisant)* : « Brillant écervelé que vous êtes ! *(Rires des comédiens.)* J'ai peur que vous n'ayez, au fond, raison contre tout le monde ! À travers votre procès, vous attaquez le Parlement — mes vœux vous accompagnent ! Recevez ce jeune Gudin qui vous adore et qui peut vous rendre bien des services. Et ne m'oubliez pas puisque je pense à vous. Voltaire. »

BEAUMARCHAIS *(replie la lettre)* : Je suis aux ordres de Monsieur de Voltaire. Que puis-je pour vous, mon ami ?

GUDIN : Peu de chose, Monsieur : avoir seulement la bonté de jeter un regard sur ces poèmes.

Il tend à Beaumarchais quelques feuillets qu'il a sortis de sa poche.

BEAUMARCHAIS *(de mauvaise humeur)* : Parce que vous aussi vous écrivez ? Mais qui n'écrit pas aujourd'hui...

Il pointe un doigt vers *La Gazette de France* qui dépasse de la poche de Gudin.

BEAUMARCHAIS : Et même l'immonde Baculard qui me crache son fiel dans ce torchon que vous avez le front d'introduire en ce lieu !

Il tourne les talons et fait mine de s'éloigner vers les coulisses, mais après quelques pas, et sans se retourner, jette à Gudin :

BEAUMARCHAIS : Venez.

Un peu perdu, Gudin hésite. Mais d'un regard et d'un sourire, la petite Rosine l'invite à obéir. Et Gudin se décide à suivre Beaumarchais.

Le lendemain, vêtu moins pauvrement et tenant à la main un manuscrit qu'il consulte régulièrement du regard, Gudin marche à nouveau dans la cohue parisienne.

GUDIN *(à mi-voix, pour lui-même)* :
L'astre brillant des nuits a fermé sa paupière,
Et moi je veille, hélas, en proie à ma chimère...

Il manque de se cogner le front contre le bras dressé d'une charrette, et quelques pas plus loin, arrive devant un théâtre à la façade moins sévère que celle du Théâtre-Français — le Théâtre des Italiens — dont il pousse la porte.

Un couloir misérable sur lequel s'ouvrent les loges des acteurs. Il le longe jusqu'à une porte portant un écriteau : « Mademoiselle Ménard ». Il hésite un instant, puis frappe si discrètement que personne ne répond. Alors, timidement :

GUDIN : Mademoiselle Ménard ?

UNE VOIX FÉMININE : N'entrez pas, je suis toute nue. Que voulez-vous ?

GUDIN : Monsieur de Beaumarchais m'a conseillé de m'adresser à vous.

LA VOIX : Pour quoi faire ?

GUDIN : Pour vous lire un poème.

LA VOIX : Pourquoi ne vient-il pas me le lire lui-même ?

GUDIN : C'est que, Mademoiselle, le poème est de moi...

LA VOIX : Vous écrivez ?

GUDIN : J'essaie. Monsieur de Beaumarchais vous prie de me dire votre sentiment sur ces

vers... Il m'a d'autre part assuré de votre bien-
veillance à l'égard des jeunes auteurs.

Rire léger de Mademoiselle Ménard.

MLLE MÉNARD : Eh bien, je vous écoute.

GUDIN *(s'éclaircissant la voix)* : Hm ! *La
Napliade*... *La Napliade*, c'est le titre de mon
poème.

MLLE MÉNARD : Allez, Monsieur, ne perdez
pas de temps, car on m'attend pour répéter.

GUDIN *(après une inspiration profonde)* :
L'astre brillant des nuits a fermé sa paupière,
Et moi je veille, hélas, en proie à ma chimère.

Tout au bout du couloir deux jeunes comédiens
qui l'écoutent ont un ricanement moqueur.
Honteux, il n'ose pas aller plus loin.
La porte de la loge s'entrebâille sur le joli
minois de Mademoiselle Ménard.

MLLE MÉNARD : C'est tout ?

Et comme, du menton, il lui désigne les deux
comédiens goguenards, Mademoiselle Ménard le
tire dans sa loge.
Elle est nue. Gudin la regarde, effaré.

MLLE MÉNARD *(se retourne et repart sans façon
dans la direction du paravent)* : Alors, la suite ?

GUDIN *(ému et la gorge serrée)* :
        L'astre brillant des nuits...

Soudain la porte est enfoncée sous la poussée d'un colosse en colère qui empoigne Gudin et le soulève à bout de bras.

LE DUC *(rugissant)* : Où est cet écrivassier, que je le mette en pièces ?

GUDIN *(blême)* : À qui en voulez-vous ?

LE DUC : Au sieur de Beaumarchais ! *(À l'actrice :)* À votre amant.

Mademoiselle Ménard apparaît, à peine vêtue, et se rue sur la brute.

MLLE MÉNARD *(en colère)* : Je vous en prie, Monsieur, laissez donc ce jeune homme, il ne sait rien.

Le duc secoue Gudin comme il l'aurait fait d'un rival.

LE DUC : Oui, mais moi je sais tout !

MLLE MÉNARD : N'avions-nous donc pas rompu, vous et moi ?

LE DUC : Comment l'aurait-il su ?

MLLE MÉNARD : À voir mon désespoir, il a dû le comprendre...

Repoussant Gudin qui s'écroule, le duc se rue vers la porte.

LE DUC : Vous le serez deux fois, désespérée, car je vais lui rompre les os.

MLLE MÉNARD *(suppliante)* : Non, Joseph, non... je vous en prie...

Le duc sort de la loge en enjambant les restes de la porte.
Éperdue, la jeune comédienne aide le pauvre Gudin à se relever, puis se cramponne à lui.

MLLE MÉNARD : Courez... oui, courez vite : Pierre est en danger de mort !

Gudin encore titubant s'élance... et revient sur ses pas.

GUDIN : Pierre ? Et où dois-je courir ?

MLLE MÉNARD : Chez lui... Chez Beaumarchais, rue de Condé... Il vous faut arriver avant le duc.

GUDIN *(tout étourdi)* : ... Rue de Condé !

MLLE MÉNARD : Faites cela pour moi, je vous en prie, et je dirai vos vers !

Elle attire le visage du garçon vers le sien et l'embrasse sur la bouche.

Énorme embouteillage où se trouve englué le carrosse du duc de Chaulnes.

Le buste hors de la portière, il vitupère à l'adresse de son cocher :

LE DUC : Avance... mais avance donc, abruti... Passe-leur sur le corps !

Gudin, qui se faufile avec légèreté entre les voitures, dépasse le carrosse du dangereux jaloux.

Dans un couloir de son hôtel, rue de Condé, Beaumarchais, aux trois quarts habillé, s'avance à pas pressés, poursuivi par deux domestiques qui essaient de lui enfiler ses derniers vêtements.

UNE VOIX *(quelque part dans la maison)* : Il y va de sa vie ? Vous en êtes bien sûr ?

VOIX DE GUDIN : Mais puisque je vous dis qu'on veut l'assassiner !

Beaumarchais fait irruption dans le salon où est servi le déjeuner et où Gudin est en plein pourparlers avec Césaire, un athlétique valet noir.

BEAUMARCHAIS : Qui veut m'assassiner ?

GUDIN *(fébrile)* : Un duc, Monsieur... Un grand géant de duc ! Une montagne humaine !

Tandis que les deux domestiques achèvent d'habiller leur maître, Beaumarchais picore dans les plats.

BEAUMARCHAIS : Description exacte... Comment Mademoiselle Ménard se porte-t-elle ?

GUDIN : Elle n'a entendu que la moitié de mon premier alexandrin.

BEAUMARCHAIS : Et pour la deuxième moitié ?...

GUDIN : Au sixième pied le duc a fracassé la porte.

BEAUMARCHAIS : Et il vous a sauvé, Dieu merci !

GUDIN *(sans comprendre)* : Plaît-il ?

Mais sans répondre, Beaumarchais se rue hors du salon, poursuivi par Gudin, déconcerté.

BEAUMARCHAIS : Vos vers sont détestables, Monsieur Gudin. En aucun d'eux on n'y retrouve votre cœur, votre vie ou vos rêves.

Oui, comme disait Molière de ceux d'Oronte :
« Ils ne sont bons qu'à mettre au cabinet. »

GUDIN *(consterné)* : Mais alors, pourquoi m'avoir envoyé à Mademoiselle Ménard ?

BEAUMARCHAIS : J'espérais qu'elle serait pour vos vers moins sévère que moi.

Ils sont arrivés en courant sur le perron. Césaire, qui porte le manteau de Beaumarchais, bouscule le pauvre Gudin, figé sur place. Au bas des marches, Beaumarchais se retourne et prend en pitié la consternation du jeune auteur.

BEAUMARCHAIS : Ne vous découragez pas. En apprenant à vivre, il se peut que vous appreniez à écrire. Monsieur de Voltaire a-t-il lu vos poèmes ?

GUDIN : Il m'a fait cet honneur.

Beaumarchais, que suit timidement Gudin, est parvenu à son carrosse.

BEAUMARCHAIS : Et qu'en a-t-il pensé ?

Césaire l'aide à passer une robe de magistrat.

GUDIN *(piteux)* : À peu près la même chose que vous.

BEAUMARCHAIS : Le contraire m'eût étonné. Quelle était votre fonction auprès de lui ?

GUDIN : Je classais ses papiers. Je rédigeais certaines lettres.

Beaumarchais réfléchit un instant.

BEAUMARCHAIS *(qui est déjà dans le carrosse)* : Montez, vous êtes engagé.

Stupéfait, Gudin obéit. Surgit un des valets apportant un plateau avec quelques assiettes. Césaire s'en empare et le tend à son maître à travers la portière.

CÉSAIRE : Vous n'avez rien mangé, Monsieur.

BEAUMARCHAIS : Sois tranquille, je souperai deux fois.

Et le carrosse démarre au galop.
À l'intérieur, Beaumarchais pousse son écritoire devant Gudin et lui tend une plume.

BEAUMARCHAIS : Écrivez, je vous prie : « Monsieur le Conseiller... »

GUDIN *(avec espoir)* : C'est un nouveau pamphlet ?

BEAUMARCHAIS : Non, une demande d'audience au conseiller Goëzman. « Monsieur le conseiller... Mon nouveau procès en appel est imminent. Le Parlement vous a désigné pour être mon accusateur... »

GUDIN : Si je puis me permettre, Monsieur, pourquoi n'en finissez-vous pas avec ce malheureux procès ? Depuis trois ans qu'il dure...

BEAUMARCHAIS : Oui, trois ans, en effet. Vous avez suivi cette affaire ?

GUDIN : Je peux me vanter d'avoir lu tous vos écrits. *(Un temps.)* Il me semble qu'un homme comme vous... Non, je n'oserai pas...

BEAUMARCHAIS : Puisque vous m'avez lu, vous savez que je peux tout entendre. Osez, jeune homme.

GUDIN : Alors, puisque vous m'y autorisez, je vous dirai de ce procès qu'il n'est à vos yeux qu'un prétexte — et que peu vous importe, au fond, les quinze cents livres que vous vous obstinez à réclamer.

BEAUMARCHAIS : Serait-ce à dire selon vous...

GUDIN *(l'interrompant)* : ... Oui, que vous vous servez du Parlement comme d'une tribune pour faire entendre vos idées... vos idées, oui, Monsieur, que vous préférez au théâtre.

BEAUMARCHAIS *(en riant)* : Voilà qui n'est point sot.

GUDIN : Mais cela est très dangereux, Monsieur... et peut avoir pour vous de bien fâcheuses conséquences.

BEAUMARCHAIS *(étonné)* : Est-ce là votre avis... ou celui de Voltaire ?

GUDIN *(prudent)* : C'est un privilège pour moi de l'avoir eu pour maître.

Et comme Beaumarchais sort de sa poche une montre d'argent sertie de diamants, Gudin pointe son doigt vers elle.

GUDIN. La montre de Monsieur votre père.

BEAUMARCHAIS : *(de plus en plus surpris)* : Vous savez donc aussi cela ?

GUDIN : Votre père vous l'a offerte le jour où le roi Louis XV a fait de vous son horloger. Vous aviez vingt-deux ans.

Beaumarchais regarde le jeune homme avec étonnement.

BEAUMARCHAIS *(souriant)* : Y a-t-il des moments de ma vie qui vous sont encore inconnus ?

GUDIN : Seulement ceux que vous interdirez à ma curiosité.

BEAUMARCHAIS *(sur un ton décidé)* : Vous n'êtes plus mon secrétaire.

Mine déconfite du jeune homme.

BEAUMARCHAIS : Je vous nomme mon biographe.

À cet instant, la vitre latérale du carrosse vole en éclats, et quelques gueux vociférants courent le long de la voiture.
Inquiet, Beaumarchais regarde par la lunette arrière leur petite troupe que le carrosse a dépassée, mais qui, pourtant, continue à courir et à jeter des pierres.

BEAUMARCHAIS *(se tournant vers Gudin)* : Paris est menaçant. Trop de misère et trop d'impôts, Monsieur Gudin.

GUDIN : Et chacun de subir sans protester !

BEAUMARCHAIS : Personne n'a envie d'être logé à la Bastille.

GUDIN : Peut-être vous, Monsieur, si j'en juge par vos écrits !

BEAUMARCHAIS : J'aimerais démontrer que les gens de ce Parlement sont un troupeau de corrompus.

GUDIN : Avez-vous les moyens d'en apporter la preuve ?

BEAUMARCHAIS *(regarde la montre de son père)* : J'ai des idées, Monsieur Gudin, j'ai des idées... *(Jetant un coup d'œil au-dehors :)* Mais je crois que nous arrivons.

Il pose sur sa tête une perruque de magistrat.

GUDIN *(surpris)* : Qu'est-ce que c'est que ça ?

BEAUMARCHAIS : L'attribut de ma fonction. Avant le rôle d'accusé, je joue les petits juges. Oui, Monsieur : lieutenant des Chasses royales... pour vous servir. Allons, venez.

La voiture s'est arrêtée. Beaumarchais ouvre la portière et saute à terre, aussitôt entouré par un groupe qui lui manifeste sa sympathie. La tête de Gudin, dépité, s'encadre dans la portière.

GUDIN *(déçu)* : Vous êtes magistrat ?

L'innocence du jeune homme fait rire Beaumarchais qui, suivi par Gudin et ses admirateurs, se hâte maintenant dans l'interminable couloir conduisant aux salles d'audience.

BEAUMARCHAIS : Circonstance aggravante : cette charge, je l'ai sollicitée, je l'ai même payée. Sans doute pensez-vous que je suis le plus vaniteux des hommes. Et vous avez raison.

GUDIN *(qui galope à côté de Beaumarchais)* :
... Courir après des honneurs de ce genre... ah !
Monsieur.

BEAUMARCHAIS : Je n'en dédaigne aucun,
sachez-le.

Un fonctionnaire du palais lui tend un pli.

LE FONCTIONNAIRE : Pour vous, Monsieur
Caron de Beaumarchais.

BEAUMARCHAIS *(prend le pli et le décachète)* :
Merci. *(Il lit, puis à Gudin :)* Le Parlement ne
m'oublie pas. Le procès en appel se tient la
semaine prochaine.

Ils se trouvent alors devant une haute porte à deux
battants. Beaumarchais ouvre la porte et entraîne
Gudin.

BEAUMARCHAIS : Venez.

Un vieil assesseur somnolant émerge brusquement de sa torpeur.

L'ASSESSEUR : Messieurs, la Cour !

Le public se lève tandis que Beaumarchais, après
avoir trouvé une place à Gudin, traverse la salle
au pas de charge et saute sur l'estrade tout en prenant connaissance de quelques feuillets que lui
tend l'assesseur.

BEAUMARCHAIS *(fait signe au public de s'asseoir)* : Le plaignant ?

LE PAYSAN : C'est moi, Monsieur le juge.

BEAUMARCHAIS : On a démoli votre mur ?

LE PAYSAN : Eh oui, Monsieur le juge... un mur que j'avais construit de mes mains, au bout du pré, pour me sauver des maraudeurs.

BEAUMARCHAIS : Et qui l'a démoli, votre mur ?

Le paysan, intimidé, n'ose pas lui répondre.

BEAUMARCHAIS *(gentiment)* : Parlez, Monsieur, ne craignez rien.

LE PAYSAN *(bas, en hésitant)* : Le prince de Conti...

Des rumeurs dans la salle.

BEAUMARCHAIS *(gai, soudain)* : Eh bien ! Voilà une partie adverse digne de ce tribunal. Et pourquoi l'a-t-il démoli, votre mur ?

LE PAYSAN : Mais pour chasser, Monsieur le juge. Oui, pour faire passer sa meute... Et ses chevaux !

À cet instant la porte principale s'ouvre avec bruit et s'y encadre l'impressionnante stature du duc de Chaulnes.

LE DUC *(d'une voix de stentor)* : Monsieur le lieutenant général des Chasses !

BEAUMARCHAIS *(avec un respect ironique)* : Monsieur le duc de Chaulnes... quel honneur !

LE DUC : Je ne comparais devant vous que pour venger le mien. Préparez-vous donc à mourir, Monsieur Caron.

BEAUMARCHAIS : Ici, Monsieur le duc ? Je crois que vous auriez pu trouver un lieu plus convenable à mon assassinat.

L'épée haute, le duc s'avance vers l'estrade où siège Beaumarchais.

LE DUC : Il n'est pas de lieu pour mourir, et ici me convient très bien pour vous expédier.

BEAUMARCHAIS *(très calme et souriant)* : Donnez-moi un instant pour y penser et daignez vous asseoir. *(Désignant le plaignant :)* Je ne voudrais pas faire attendre ce monsieur, injustement spolié.

D'un mouvement rageur, le duc bouscule un gros bourgeois, s'empare de sa chaise et s'y laisse tomber.

BEAUMARCHAIS : Merci, Monsieur. *(Il s'éclaircit la voix et se tourne vers le plaignant.)* Attendu qu'un prince, fût-il de sang royal, ne saurait être au-dessus de la loi régissant le commun des mortels... *(un regard vers le duc)*... la Cour condamne par défaut Louis François de Bourbon, prince de Conti, à faire rétablir à ses frais le mur du sieur Mouillot, ici présent, dans les meilleurs délais sous peine d'y être contraint par la force publique.

Le paysan se lève.

LE PAYSAN : Vous êtes un homme de cœur, Monsieur de Beaumarchais.

Le duc se lève à son tour, hors de lui.

LE DUC : Condamner un Bourbon à reconstruire un mur... cette fois, c'en est trop.

Beaumarchais, calmement, enlève sa perruque et sa robe de juge.

BEAUMARCHAIS : Je suis à vous, Monsieur. Gardes, une épée !

L'un des gardes lance son épée au lieutenant des Chasses qui rate sa réception. Il se penche pour récupérer l'arme sur le plancher, mais une main a précédé la sienne. Une très jolie jeune femme lui tend l'épée avec un grand sourire.

BEAUMARCHAIS *(troublé)* : Merci infiniment, Madame.

L'INCONNUE : ... Mademoiselle.

Le duc a dégainé, et le duel s'engage pour le plus grand plaisir du public qui encourage David-Beaumarchais contre Goliath-le-duc.

Le paysan, de son côté, lance dans les jambes du duc tous les objets qui lui tombent sous la main tandis que la jeune inconnue s'inquiète ou se réjouit tour à tour selon que la fortune sourit ou non à Beaumarchais.

Prudent, Gudin s'apprête à quitter discrètement le prétoire transformé en champ clos lorsque la voix de Beaumarchais l'arrête.

BEAUMARCHAIS : Monsieur Gudin, voudriez-vous me rendre un service ?

GUDIN *(d'une voix blanche)* : Oui, Monsieur...

BEAUMARCHAIS *(tout en ferraillant)* : Merci... J'aurai besoin de votre témoignage... Accepter de me battre avec un homme aussi considérable...

Le duc, flatté, salue d'un moulinet.

BEAUMARCHAIS : ... peut me valoir nombre d'ennuis. Car j'ai déjà tué un homme en duel.

LE DUC *(pousse une botte que pare Beaumarchais)* : Soyez tranquille : vous n'en tuerez pas deux !

BEAUMARCHAIS : Puis-je vous demander de témoigner que je ne suis pas l'agresseur ?

GUDIN *(terrorisé)* : Mais cer... certainement.

Beaumarchais a trébuché et c'est assis sur le plancher qu'il doit parer les coups que lui porte le duc.

BEAUMARCHAIS : Gudin !

GUDIN : Monsieur ?

BEAUMARCHAIS : Il serait maintenant urgent que vous appeliez la garde...

Gudin se précipite vers la porte principale qu'il ouvre à deux battants — et comme par miracle une escouade de gardes fait son entrée dans le prétoire, piétinant dans son élan Gudin englouti par la soldatesque.
Non sans mal, les soldats séparent les duellistes.
Un officier s'approche.

L'OFFICIER : Je vous arrête, au nom du roi...

Une nuit, au coin d'une place déserte, une voiture aux rideaux clos s'arrête à côté d'un carrosse. Un homme vêtu de sombre descend de la voiture, jette un regard autour de lui et s'engouffre dans le carrosse dont la portière s'est ouverte devant lui.
Un homme, de mine sévère et au visage blême, accueille le visiteur mystérieux.

LE COMTE DE LA BLACHE : Alors, combien de temps peut-on tenir Monsieur de Beaumarchais en prison ?

GOËZMAN : Le temps qui nous sépare du procès.

LE COMTE : N'oubliez pas qu'il ne doit préparer sa défense à aucun prix.

GOËZMAN : Ne craignez rien, mon cher comte, j'y veille.

LE COMTE *(hautain)* : J'espère bien, car c'est pour cela qu'on vous paie, Monsieur Goëzman.

Et le comte remet à Goëzman un coffret dont le conseiller vérifie sans tarder le contenu.

Une cellule de prison que Beaumarchais arpente nerveusement tandis que Marion Ménard, assise sur le lit, l'écoute, renfrognée.

BEAUMARCHAIS : Si je ne peux pas préparer ma défense, je suis un homme mort. Il faut absolument que tu parles à Sartine !

MARION *(ironique)* : Oui, parler... parlons-en !

BEAUMARCHAIS : Tu m'as déjà rendu ce genre de service.

MARION : Mais jamais avec un ministre.

BEAUMARCHAIS : Sartine n'est que lieutenant général de police... et très loin d'être déplaisant.

MARION : Puisqu'il te plaît, rends-toi ce service à toi-même.

BEAUMARCHAIS : Tu sais bien que je n'aime pas les garçons. Et puis, je ne peux pas sortir.

Et comme Marion s'enferme dans un silence boudeur, Beaumarchais reprend la parole, avec plus de conviction encore.

BEAUMARCHAIS : Marion, je t'en prie... Si j'avais le malheur d'être blâmé, je n'aurais plus le droit d'écrire une ligne, même pour toi. Et tu seras donc condamnée au vaudeville jusqu'à la fin de tes jours.

Marion s'obstinant dans sa bouderie, il pose tendrement sa main sur son genou.

BEAUMARCHAIS *(doucement)* : Marion...

MARION : Tu sais ce que tu me demandes ?

BEAUMARCHAIS : Oui... de faire ce que tu fais le mieux.

MARION *(révoltée)* : Tu es ignoble.

BEAUMARCHAIS : Je veux dire : jouer la comédie.

Elle sourit. La main de Beaumarchais monte lentement sous sa jupe — et elle ne l'arrête pas.

BEAUMARCHAIS : Je ne te demande pas d'aimer Sartine, mais de lui faire croire qu'il te plaît.

MARION *(un peu oppressée)* : En lui faisant l'amour ?

BEAUMARCHAIS : À toi de décider du moment où il sera sûr de te plaire...

MARION *(embrasse Beaumarchais)* : S'il pouvait seulement avoir ta main, Sartine...

Dans le couloir de la prison, Gudin, un bandeau sur la tête, suit le geôlier qui s'arrête devant la cellule d'où sourd une bruyante plainte amoureuse.

LE GEÔLIER *(urbain)* : Je crois qu'il conviendrait d'attendre...

GUDIN *(tout rouge)* : Il vaudrait mieux peut-être que je revienne.

LA VOIX DE MARION : Aaaaah !...

LE GEÔLIER *(écoutant)* : Voilà... vous pouvez entrer maintenant.

Il ouvre la porte à Gudin qui entre, fort embarrassé, pour trouver Marion la robe retroussée et des plus chiffonnée.

MARION *(souriante et à l'aise)* : Monsieur Gudin... j'attends toujours votre poème.

BEAUMARCHAIS *(se lève du lit)* : Mon pauvre ami, comment va votre tête ?

GUDIN : L'intérieur, je crois, peut aller.

Tandis que Marion, gentiment, arrange le gros pansement de Gudin, Beaumarchais tend un manuscrit au jeune homme.

BEAUMARCHAIS : Alors, peut-être puis-je vous charger de ceci ?

GUDIN *(surpris)* : *Le Barbier de Séville ?*

BEAUMARCHAIS : J'ai retouché certaines scènes. Au fond, je ne travaille bien qu'en prison. Et maintenant, j'aimerais avoir votre avis.

GUDIN *(balbutiant, incrédule)* : À moi ?... Vous me demandez mon avis... à moi ?

BEAUMARCHAIS : Oui. Et j'aimerais aussi que vous fassiez part de ces corrections aux Comédiens-Français... et que vous me représentiez auprès d'eux.

GUDIN *(qui n'ose en croire ses oreilles)* : Moi, vous représenter ?...

Beaumarchais, après avoir échangé un sourire avec Marion, prend le jeune homme par les épaules et le pousse vers la porte.

BEAUMARCHAIS : Dépêchez-vous, la répétition va commencer. *(Appelant :)* Le Bihan !

Le geôlier ouvre la porte et Gudin sort, comme sur un nuage. Marion revient se blottir entre les bras de Beaumarchais.

MARION *(tendrement)* : Corrupteur ! Tu soudoies ton ministre en lui proposant ta maîtresse et tu achètes ce garçon en lui donnant à croire qu'il est ton fils spirituel !

BEAUMARCHAIS : Voltaire me l'a confié, et je dois tout à Voltaire !

MARION *(lui tend sa bouche)* : Et à moi, que dois-tu ?

BEAUMARCHAIS : À toi, j'ai déjà tout donné !

Dans une antichambre, à Versailles, deux laquais sont postés devant une très haute porte ornée lourdement de dorures.

Derrière elle s'élève un long gémissement volup-
tueux d'origine masculine qui se termine par le cri
d'un homme heureux.

Fatalistes, les deux laquais échangent un
regard.

Monsieur de Sartine est en train d'écrire, perruque de travers et le jabot froissé, pendant que
Marion, assise devant lui sur son bureau, remet
de l'ordre dans sa robe.

SARTINE *(tout en écrivant)* : ... Et dites à
Beaumarchais non seulement qu'il fasse
moins parler de lui, mais surtout qu'il cesse
de s'en prendre au Parlement, sinon, bientôt,
le roi lui-même ne pourra plus le protéger. *(Il
cachète la lettre et la tend à la comédienne.)*
Voici la lettre. Il est libre.

MARION *(prévenante)* : Puis-je faire encore
quelque chose pour vous ?

SARTINE *(soupire)* : Oui, mais pas tout de
suite.

Marion saute de la table et lui fait une révérence.

MARION : Hélas ! Je joue en matinée.

Sur la scène, toujours dépourvue de décor, de
l'ancien Théâtre-Français, Rosine et Bartholo

jouent la scène 4 de l'acte III, sous le regard du comte Almaviva, dans un coin du plateau.

ROSINE (découvrant son amant) : *Ah ! Mon Dieu, Monsieur ! Ah ! Mon Dieu, Monsieur !*

Gudin surgit, actif et empressé, tout comme l'était Beaumarchais.

GUDIN : Les deux mains sur le cœur, Rosine ! Elle est troublée... Les deux mains sur le cœur !

Il place lui-même les deux mains de Rosine sur la poitrine de l'actrice, en s'attardant bien plus qu'il ne convient.

BARTHOLO : *Elle se trouve encore mal ! Seigneur Alonzo !*

ROSINE : *Non, je ne me trouve pas mal, mais c'est qu'en me tournant... Ah !...*

LE COMTE (s'avançant) : *Votre pied a tourné, Madame ?*

GUDIN *(sévère, rectifie)* : Non, Monsieur : « Le pied vous a tourné, Madame ? »

ROSINE : *Ah ! oui, le pied m'a tourné. Je me suis fait un mal horrible.*

GUDIN *(tout miel)* : Bien... très bien.

44

LE COMTE (irrité, regarde Gudin): *Je m'en suis bien aperçu.*

Une silhouette familière est apparue dans la pénombre de l'avant-scène.

ROSINE (regardant tendrement Gudin): *Le coup m'a porté au cœur.*

Bartholo s'éloigne, furieux.

BARTHOLO: *Un siège, un siège. Et pas un fauteuil ici ?*

Le comte et Rosine se regardent tandis que Bartholo sort de scène.

LE COMTE: *Ah ! Rosine !*

ROSINE: *Quelle imprudence !*

Gudin intervient de nouveau.

GUDIN: Vous êtes trop loin l'un de l'autre. Ils craignent Bartholo, c'est vrai, mais ils sont attirés l'un vers l'autre — et il faut le montrer.

Gudin pose sa main sur la taille de Rosine et doucement la pousse vers le comte.

GUDIN: Comme cela : « Quelle imprudence ! »

LA VOIX DE BEAUMARCHAIS: C'est tout à fait cela.

Tout le monde s'immobilise à part Rosine qui s'écrie joyeusement :

ROSINE : Oh ! Pierre, quel bonheur !

Beaumarchais bondit prestement sur le plateau, embrasse la petite Rosine et se retourne vers Gudin.

BEAUMARCHAIS *(narquois)* : Je vous avais prié, je crois, de relater ma vie et non de la vivre à ma place !

GUDIN *(un peu confus)* : Je faisais de mon mieux, Monsieur.

Beaumarchais prend le bras de Gudin, et ils s'éloignent de quelques pas des comédiens.

BEAUMARCHAIS *(bas)* : Êtes-vous toujours décidé à m'aider ?

GUDIN : Plus que jamais, Monsieur.

BEAUMARCHAIS : Sachez donc que le Parlement m'a condamné d'avance... qu'il ne sert plus à rien d'établir ma bonne foi et qu'il ne me reste donc qu'une arme — oui, celle de mes ennemis.

GUDIN *(naïvement)* : Laquelle ?

BEAUMARCHAIS : Mais la corruption, mon ami !

Et, devant le jeune homme éberlué, Beaumarchais extrait de sa poche sa montre sertie de diamants et une bourse gonflée d'or.

Nous sommes maintenant place du Parlement.

Une foule nombreuse, à peine contenue par les soldats, se presse contre les grilles de l'édifice.

Au milieu d'elle — et difficilement — circulent des marchants ambulants portant des corbeilles d'osier ou poussant des brouettes.

Une jeune femme joue des coudes avec énergie en direction de l'entrée — et nous reconnaissons la jolie créature qui avait ramassé l'épée de Beaumarchais au tribunal des Chasses.

Sur son passage on perçoit le murmure du peuple qui commente les événements et où revient comme un refrain le nom de Beaumarchais.

UN HOMME : Moi je te dis que cette fois Beaumarchais va être blâmé !

UNE FEMME : Pas de danger : le roi le soutient !

L'HOMME : Oui, comme la corde soutient le pendu !

47

DEUXIÈME FEMME : C'est toujours comme ça, avec les riches : plus ils le sont, et plus ils veulent l'être davantage !

DEUXIÈME HOMME *(goguenard)* : Ah ! tu parles des juges ?

DEUXIÈME FEMME : Mais non... de Beaumarchais !

TROISIÈME HOMME : Cette fois, s'il perd son procès, il est ruiné !

QUATRIÈME HOMME : Il en a l'habitude !

TROISIÈME HOMME : Arrêtez de parler d'argent. Le Parlement veut simplement sa tête. Oui, sa tête !

TROISIÈME FEMME : Le Parlement... ou bien le roi ?

TROISIÈME HOMME : Le roi... le Parlement, ils sont comme cul et chemise ! On veut bâillonner Beaumarchais tout simplement parce qu'il parle trop de nous, de la misère et des impôts... Et surtout parce qu'il dénonce tous les pourris !

Trop occupée à progresser parmi les gens, la jeune femme ne prête aucune attention à ces propos, et essaie de pousser un énorme gaillard à la mine joviale.

L'INCONNUE : Pardon, Monsieur...

LE GAILLARD : Nous aussi, belle dame, on aimerait entrer !

La jeune femme sort un papier de sa poche et le lui montre.

L'INCONNUE : J'ai un laissez-passer !

LE GAILLARD *(goguenard)* : Alors, si c'est officiel...

Et il la saisit par la taille et l'élevant comme un trophée aux applaudissements de la foule, s'ouvre un chemin vers les grilles du Parlement.

La Chambre des appels. La salle est archicomble, et le public nerveux. Le conseiller Goëzman, dans le rôle du procureur, brandit un parchemin.

GOËZMAN *(d'une voix forte)* : Voici, Messieurs, la simple et unique pièce de ce procès : un morceau de papier, signé avant sa mort par le banquier Duverney, et qui spolie honteusement son héritier, le comte de La Blache — ici présent ! — au profit du sieur Caron *(il désigne Beaumarchais)* que nous devons juger aujourd'hui.

Or, ni Monsieur de La Blache, ni les experts nommés par la Cour, ne reconnaissent comme authentique la signature du banquier Duverney. Dès lors, qui devons-nous croire ? Un homme respecté de tous... *(il désigne La Blache)* et qui, depuis toujours, honore sa position, ou bien un amuseur public, un producteur d'illusions, dont le nom même est un mensonge et qui doit sa fortune au décès providentiel de ses deux malheureuses épouses ?

Tandis que Beaumarchais serre les poings, Goëzman, inspirant longuement, se tourne vers la Cour et pointe un doigt vers l'accusé.

GOËZMAN : Messieurs, je le déclare avec toute la solennité qui est de rigueur en ces lieux, cet homme est un faussaire — un faussaire et un imposteur dont nous devons purger la société !

La foule manifeste bruyamment son approbation tandis que Beaumarchais, impassible, attend que le calme revienne.

Goëzman échange quelques mots à voix basse avec le président, puis se tourne vers l'accusé.

GOËZMAN : Avez-vous quelque chose à ajouter ?

Tout le public retient son souffle et, perdu dans la foule, Gudin, très pâle, se mord les lèvres.

BEAUMARCHAIS : Oui... mais oui, Monsieur le conseiller, j'ai quelque chose à dire.

GOËZMAN *(surpris)* : Ah !... eh bien, quoi ?

BEAUMARCHAIS *(d'un calme olympien)* : Tout.

Rumeur joyeuse dans la foule qui a l'impression d'être au théâtre. Aux anges, la jeune inconnue sourit, de même que Marion Ménard qui se presse contre le duc de Chaulnes avec lequel elle paraît à nouveau au mieux.

BEAUMARCHAIS : ... Tout ce qui ne concerne pas cet acte que vous avez entre les mains et dont le comte de La Blache et vous-même ont décidé que c'était un faux. *(Un temps.)* Comment donc établir ma bonne foi ? Je n'ai pour moi que ma parole, et nous savons ce qu'elle vaut pour les membres éminents de ce Parlement que j'abomine et dont vous êtes, Monsieur le conseiller, le personnage le plus représentatif !

GOËZMAN *(éberlué)* : Ah ça ! mais c'est à moi que vous vous adressez ?

BEAUMARCHAIS : À vous, oui... ainsi qu'à l'institution que vous représentez et qui se soucie moins de la vérité que de la protection de ses privilèges. Eh oui, Monsieur le conseiller, nous en avons assez de nous voir révéler chaque matin un scandale qui, chaque soir, tombera dans l'oubli. Nous en avons assez de tous ces ministres falots qui préten-

dent à nous conduire alors qu'ils se condui-
sent eux-mêmes si mal ! Nous en avons assez
enfin des lettres de cachet et de nous retrouver en prison sans que nous sachions pourquoi... Je vous le dis, Messieurs, la France
est fatiguée de l'injustice et de tant d'impos-
tures !

Mouvements et murmures de sympathie dans la
foule.

GOËZMAN : Laissez donc la France tranquille !

BEAUMARCHAIS : Mais c'est que justement
elle ne le veut plus, rester tranquille ! Écoutez
son murmure... Et prenez garde !

GOËZMAN : Monsieur, je vous défends...

BEAUMARCHAIS : Et moi, je vous attaque — et
n'étant point un membre illustre du barreau,
je ne le ferai qu'au moyen de la vérité pure !

LA FOULE *(jubilant)* : Oui... oui... la vérité !

BEAUMARCHAIS *(à la foule)* : Elle vient, mes
amis, elle approche ! *(À Goëzman :)* Mais une
fois lancée, Monsieur le conseiller, il sera dangereux de vouloir l'arrêter.

GOËZMAN *(furieux)* : Monsieur, vous n'êtes
pas ici dans un théâtre !

BEAUMARCHAIS : On peut le regretter, car chez les comédiens, on sent percer souvent une sincérité des plus rares en ces lieux !

LA BLACHE *(d'un ton excédé)* : Au fait, Monsieur Caron !

BEAUMARCHAIS *(ironique)* : ... de Beaumarchais. *(Il montre un parchemin.)* Ma particule est là ! Et je l'ai payée assez cher pour qu'elle m'appartienne.

Beaumarchais, se tournant vers la foule qui applaudit, lui montre le reçu de l'achat de son titre.
Une fois les rires calmés, il s'adresse à nouveau au procureur.

BEAUMARCHAIS : Avant mon emprisonnement, Monsieur le conseiller, j'ai maintes fois sollicité la faveur de vous rencontrer, mais chaque fois vous avez refusé de me recevoir.

GOËZMAN : Parce que je me suis fait une règle de ne voir les plaideurs qu'ici même, à l'audience.

BEAUMARCHAIS : C'est tout à votre honneur, mais alors, comment se fait-il que j'aie fini par forcer votre porte ?

GOËZMAN : Oui, je reconnais volontiers avoir cédé à la pitié et vous avoir reçu, un jour, chez moi. Mes sentiments chrétiens ont été, ce jour-là, les plus forts.

BEAUMARCHAIS *(éclate de rire)* : Vos sentiments chrétiens... permettez-moi d'en rire. Que faites-vous des quelque cent louis remis à votre épouse, accompagnés d'une montre sertie de diamants, héritée de mon père ?

GOËZMAN *(ivre de rage)* : Monsieur...

BEAUMARCHAIS : J'ajouterai que si vous me reçûtes chez vous, en effet, ce fut sans aucun résultat. Je vous ai donc donné pour rien cent louis et ma montre.

GOËZMAN *(que la fureur étouffe)* : Monsieur... Monsieur je vous défends... *(Et aux membres du tribunal :)* Vous ne voyez donc pas qu'il affabule ?

BEAUMARCHAIS *(gaiement)* : J'affabule parfois au théâtre, car mon métier le veut, mais jamais au prétoire !

Le public éclate de rire.

GOËZMAN *(se dresse, cramoisi)* : C'en est assez ! Je dépose une plainte en diffamation contre le sieur de Beaumarchais.

BEAUMARCHAIS : Et moi, je dépose votre bilan.

GOËZMAN : Vous êtes un menteur.

BEAUMARCHAIS : Nous allons voir ! *(Au public :)* Dois-je citer le nom de son complice ?

LE PUBLIC *(euphorique)* : Oui... Oui... le nom... le nom... le nom...

Beaumarchais désigne du doigt un homme dans la salle.

BEAUMARCHAIS : Le libraire Lejay... ici présent !

LE PRÉSIDENT *(au libraire)* : Monsieur Lejay, levez-vous, s'il vous plaît.

L'homme, au visage chafouin, obéit.

LE PRÉSIDENT : Connaissez-vous Monsieur de Beaumarchais ?

LEJAY : Je n'ai jamais vu ce monsieur, Monsieur le président.

Très sûr de lui, Beaumarchais a un léger sourire, tandis que Gudin, inquiet, sort discrètement de la salle.
Se tournant vers le président, Goëzman désigne Beaumarchais.

GOËZMAN : La preuve est ainsi faite que cet

homme vous ment, qu'il fait peser sur moi des soupçons odieux et que par tous les moyens il essaie de salir mon honneur.

BEAUMARCHAIS : Je n'ai aucun soupçon, Monsieur le président.

LE PRÉSIDENT *(qui ne comprend plus)* : Mais alors...

BEAUMARCHAIS *(d'un ton assuré)* : J'ai des preuves.

GOËZMAN *(dédaigneux)* : Le libraire Lejay est l'éditeur d'un de mes ouvrages. Est-ce un délit ?

LE PRÉSIDENT : Veuillez venir prêter serment, Monsieur Lejay.

Lejay s'avance à pas comptés dans le silence revenu.

Dans une rue tout près du Parlement, Gudin court vers une voiture garée le long d'un mur, et frappe deux coups brefs à la portière qui s'entrouvre.

GUDIN *(quelque peu essoufflé)* : Venez, c'est le moment...

La portière achève de s'ouvrir, et une jeune femme descend de la voiture.

De retour à la Chambre des appels au moment où le président s'adresse au libraire Lejay.

LE PRÉSIDENT : Je vous rappelle, Monsieur Lejay, que vous venez de témoigner sous serment et que votre déclaration risque d'avoir pour l'accusé les conséquences les plus graves.

LEJAY : Je ne puis que me répéter, Monsieur le président : je ne connais pas ce monsieur, non plus d'ailleurs que l'épouse du conseiller Goëzman.

La Blache se lève, un sourire vainqueur aux lèvres.

LA BLACHE : Il semblerait, Monsieur Caron, que votre système de défense soit sérieusement à revoir.

Beaumarchais, sans répondre, se tourne vers le président.

BEAUMARCHAIS : Je me vois obligé, Monsieur le président, de citer la personne qui, en mon nom, a conduit la transaction avec le représentant du conseiller. *(Et du doigt il désigne un point dans la salle.)* Monsieur Paul Philippe Gudin de La Brenellerie !

Mais la place que Beaumarchais désigne est vide. Il pâlit et, déconcerté, se rassoit. Un long murmure dans la salle que suit un silence profond. À son banc, l'inconnue, amie de Beaumarchais, paraît très inquiète. Qu'est-ce que tout cela veut dire ? Et soudain, on commence à comprendre : un jeune homme vient de rentrer dans la salle. Il tient la main d'une jeune femme très pâle qui se laisse guider, les yeux baissés.

LE PRÉSIDENT *(au jeune homme)* : Qui êtes-vous, Monsieur.

GUDIN : Paul Philippe Gudin de La Brenellerie. C'est moi qui ai négocié pour Monsieur de Beaumarchais avec le libraire Lejay et son épouse — que voici.

Gudin et la jeune femme qui se sont avancés font face maintenant au tribunal.

BEAUMARCHAIS : Monsieur le président, afin d'aller au principal, me permettriez-vous d'interroger le nouveau témoin ?

LE PRÉSIDENT *(de très mauvaise grâce)* : Qu'elle prête d'abord serment.

BEAUMARCHAIS : Madame Lejay, levez votre main droite et jurez de dire la vérité, rien que la vérité, toute la vérité.

MME LEJAY *(troublée)* : Je le jure, Monsieur le président.

LE PRÉSIDENT *(rageur)* : Le président, c'est moi !

MME LEJAY : Pardon, Monsieur le président...

Le public est en joie.
Quand les rires ont cessé, Beaumarchais se penche vers son témoin.

BEAUMARCHAIS : Vous présente, Madame Goëzman a-t-elle bien reçu cent louis et une montre ornée de diamants pour m'obtenir une audience de son mari ?

MME LEJAY *(d'une voix blanche)* : Oui.

Murmures d'indignation dans le public — et sourire apaisé de Gudin, de Marion et de la belle inconnue.

BEAUMARCHAIS : A-t-elle, et toujours en votre présence, demandé à Lejay, votre mari, de nier la transaction qui venait d'avoir lieu ?

MME LEJAY : Oui.

Grondement de la foule.

BEAUMARCHAIS : Ne lui a-t-elle pas aussi proposé de le faire passer à l'étranger pendant qu'on accommoderait l'affaire à Paris ?

MME LEJAY : Si...

BEAUMARCHAIS : Enfin — et là, Messieurs, vous allez tout comprendre ! — accusez-vous Madame Goëzman d'avoir dit devant plusieurs témoins, parlant du conseiller, son mari : « Il serait impossible de tenir honnêtement notre rang avec ce que le roi nous donne » ?

MME LEJAY : Oui, Monsieur, c'est ce qu'elle a dit.

Des cris scandalisés dans l'assistance et mouvements divers au sein même du tribunal.
Goëzman s'est effondré dans son fauteuil et Lejay, tout honteux, baisse la tête.

BEAUMARCHAIS *(dont la voix domine les rumeurs)* : Et qu'a-t-elle ajouté, Madame Goëzman ?

MME LEJAY *(après une hésitation)* : Nous avons l'art de plumer la poule sans la faire crier.

BEAUMARCHAIS *(triomphant)* : Et la poule, Messieurs, la poule, c'était moi !

Explosions de rires et d'exclamations dans la salle.
Applaudissements du public, en joie.

Le président assène de frénétiques coups de maillet sur son pupitre.

LE PRÉSIDENT *(hurlant)* : L'audience est levée !

Il sort rapidement suivi par tous les magistrats, et imité par Goëzman qui s'éclipse par une porte latérale.

LEJAY *(vert de rage, à l'oreille de sa femme)* : Tu vas mourir, Mariette...

MME LEJAY *(à voix basse)* : Je suis morte depuis longtemps.

Et Lejay disparaît à son tour, tandis que Beaumarchais salue, comme au théâtre, le public qui l'acclame.
Les bras ouverts, renversant tout sur son passage, le duc de Chaulnes se rue sur Beaumarchais.

LE DUC : Si ce Parlement corrompu ne vous acquitte pas, je vous jure que je couperai les oreilles du président !

Et il serre si fort Beaumarchais dans ses bras que celui-ci en perd le souffle.

MARION *(inquiète)* : Mais enfin, Joseph, tu l'étouffes !

Le duc libère Beaumarchais dont s'approche un vieil homme de fière allure.

LE DUC *(à l'oreille de Beaumarchais)* : Le prince de Conti qui vient sans doute vous remercier de l'avoir fait maçon !

Parvenu difficilement jusqu'au héros du jour, le prince à son tour accole Beaumarchais.

LE PRINCE : Dans mes bras, homme libre ! Vous méritez qu'on vous embrasse.

BEAUMARCHAIS : Hélas, Monseigneur, je ne suis pas très sûr que le Parlement en ait si grande envie...

Sur la place du Parlement, une foule animée se déverse en commentant joyeusement l'événement. Un jeune exalté grimpe aux grilles et braille :

LE JEUNE HOMME : Il a osé ! Il leur a dit leur fait à ces vendus de juges. Vive Beaumarchais !

La foule reprend en chœur :

LA FOULE : Oui... oui... à bas le Parlement... et vive Beaumarchais !

Gudin, qui entraîne Mariette, essaie de se frayer un chemin dans la foule.
Un vieil homme s'accroche à son bras.

LE VIEIL HOMME *(fébrile)* : Ce Parlement, Monsieur, est une assemblée de voleurs. Beaumarchais a eu bien raison de le crier à tous. Ils ne vont pas oser le condamner.

GUDIN : Dieu vous entende !

LE VIEIL HOMME : Non, ils n'oseront pas. Le peuple est avec Beaumarchais, Monsieur, et ils ont peur du peuple !

Absorbé par la foule, le vieil homme disparaît.
Mariette, à son tour, se cramponne au bras de Gudin.

MARIETTE : Et moi aussi j'ai peur. Partons, je vous en prie.

GUDIN *(ému)* : Tant que je serai là, vous n'aurez rien à craindre.

Gudin et sa compagne réussissent enfin à s'extraire de la foule en liesse et s'éloignent par une rue déserte.
Trois silhouettes sombres les suivent à distance.

Chez lui, rue de Condé, Beaumarchais marche anxieusement de long en large.
Il consulte sa montre. À ce moment, tintement de la cloche à la porte de l'hôtel. Il va vers la fenêtre et jette un regard dans la cour.

Césaire ouvre la porte du perron — et nous reconnaissons la jolie jeune femme qui a assisté au procès.

CÉSAIRE : Madame.

L'INCONNUE *(souriante)* : Monsieur de Beaumarchais est-il chez lui ?

CÉSAIRE : Qui êtes-vous, Madame ?

L'INCONNUE *(simplement)* : Il ne me connaît pas, mais je crois qu'il m'attend.

CÉSAIRE *(après une hésitation)* : Veuillez me suivre, s'il vous plaît.

Après avoir frappé, Césaire ouvre la porte du salon où se tient Beaumarchais et s'efface devant la jeune femme.

CÉSAIRE : La dame que vous attendiez, Monsieur.

Pleine de grâce et de simplicité, l'inconnue a franchi le seuil. Césaire a refermé la porte derrière elle. Ils se regardent en silence.

BEAUMARCHAIS *(ému par sa beauté)* : J'ignorais que je vous attendais, mais me voilà heureux de l'avoir fait...

Il se rapproche d'elle et cherche au fond de sa mémoire.

BEAUMARCHAIS : Je vous connais... Oui, je vous reconnais ! Le tribunal des Chasses... et mon duel !

L'INCONNUE *(souriante)* : Je vous ai connu désarmé.

BEAUMARCHAIS : Je le suis plus encore en ce moment.

L'INCONNUE *(après un silence)* : Merci, Monsieur.

BEAUMARCHAIS : Que voulez-vous de moi ?

L'INCONNUE : Du courage. J'arrive droit du Parlement. Il vient de décider que vous devrez vous mettre à genoux devant le tribunal et vous entendre déclarer infâme. Tous vos biens seront séquestrés, vous ne pourrez plus exercer aucune fonction publique, vous n'aurez plus le droit de publier ni, bien sûr, de faire jouer vos pièces...

BEAUMARCHAIS : Et vous êtes venue malgré ces condamnations ?

L'INCONNUE : Si je suis là, c'est *parce que* vous avez été condamné. Parce que vous allez avoir des combats à livrer, vous aurez peut-être besoin de mon cœur — et de tout ce que j'ai d'intelligence. Il n'y a pas que vous qui soyez courageux, Monsieur. *(Elle recule de deux pas et se présente.)* Je m'appelle Marie-Thérèse Willer Maulaz. Je vous admire depuis longtemps, mais depuis un instant je sais que je vous aime.

Un silence. Ému profondément, Beaumarchais, pour une fois, ne trouve pas ses mots. Elle revient vers lui, les yeux brillants.

MARIE-THÉRÈSE : Vous voulez bien de moi ?

BEAUMARCHAIS *(la prenant dans ses bras)* : C'est la troisième fois qu'on me demande en mariage.

MARIE-THÉRÈSE *(souriante)* : Ah non, Monsieur, épargnez-moi ! On dit que vous avez tué vos deux premières femmes... Ne m'épousez pas, s'il vous plaît.

BEAUMARCHAIS : Pas de mariage ? Vous voulez donc que ce soit pour la vie ?

MARIE-THÉRÈSE : Elle en décidera... En attendant, je vous suivrai partout.

BEAUMARCHAIS : Commençons par ma chambre...

Il entraîne Marie-Thérèse vers sa chambre, mais s'arrête un instant sur le seuil.

BEAUMARCHAIS : Pour un messager de malheur, que vous êtes jolie, mon ange !

Dans la chambre de Beaumarchais, la nuit venue.
Étendu sur son lit, il tient Marie-Thérèse dans ses bras, quand une sorte de grondement s'élève de la cour. Marie-Thérèse se lève et ouvre la fenêtre.
Une clameur monte vers elle.

LA FOULE : Beaumarchais... Beaumarchais...

Elle se retourne vers son amant.

MARIE-THÉRÈSE : Je crois qu'on te réclame... *(Et comme il paraît hésiter :)* Allons, viens ! Ne réserve pas ton courage au malheur.

Il se lève et va se pencher à la fenêtre.
Une foule joyeuse et animée déborde jusque dans la rue.
À l'apparition de son porte-parole, elle l'applaudit à tout rompre.

JEUNE HOMME DU PARLEMENT : Vive Beaumarchais !

LA FOULE : Vive Beaumarchais !

LE JEUNE HOMME : Vive la liberté !

LA FOULE : Vive la liberté !

Ému de cet accueil, Beaumarchais serre contre lui sa nouvelle compagne.

Le cabinet du roi Louis XV, à Versailles.

Appuyé sur sa canne, le vieux roi arpente furieusement son cabinet devant Sartine et le prince de Conti qui l'écoutent exprimer sa colère.

LOUIS XV : « Vive la liberté »... Sartine, « Vive la liberté »... Pourquoi pas « Vive la République » ? Nous n'allons tout de même pas laisser mettre la monarchie en péril sous prétexte que le Parlement a voté le blâme de votre protégé !

SARTINE : Sire, Votre Majesté connaît bien Beaumarchais : c'est un sujet fidèle.

LOUIS XV : Oui, fidèle, mais remuant !

CONTI : À travers son procès, ce n'est ni Votre Majesté, ni le régime que Beaumarchais a critiqué.

Le roi s'immobilise et regarde Conti.

LOUIS XV : Vous aimez Beaumarchais ?

CONTI : C'est un sujet loyal.

Le roi frappe le sol de sa canne.

LOUIS XV : Un intrigant !

CONTI *(rectifiant)* : Disons plutôt un homme qui, du fait de son métier, a le goût de l'intrigue.

LOUIS XV *(à Sartine)* : Aura-t-il assez de talent pour faire aboutir notre affaire ?

SARTINE : J'en suis persuadé. Il est même le seul à pouvoir la mener à bien.

LOUIS XV : Nous verrons ça. Faites-le donc entrer.

Sartine tire sur une sonnette derrière le bureau du roi.
La porte s'ouvre sur le chambellan qui introduit Beaumarchais et se retire.
Pierre s'incline profondément.

LOUIS XV : Approchez-vous, Monsieur.

Tandis que Beaumarchais s'avance, le roi passe derrière son bureau et commence à l'admonester.

LOUIS XV : J'ai décidé que vous ne serez point mandé en Chambre du Conseil. Oui, cette humiliation vous sera épargnée. Mais désormais, vous allez vous tenir tranquille. Ce n'est pas tout d'être blâmé, faut-il encore être modeste !

Sourires amusés de Sartine et de Conti.

LOUIS XV (*s'installe à sa table*) : Asseyez-vous, Messieurs. Et maintenant, qu'allez-vous faire ?

Beaumarchais se lève d'un bond.

BEAUMARCHAIS : Rien, Sire. Je ne peux plus rien faire. Toute fonction publique m'est interdite et je n'ai plus le droit d'exercer mon métier. Je ne peux même plus porter mon nom.

LOUIS XV : Veuillez donc vous rasseoir.

Beaumarchais obéit.

LOUIS XV : Si vous étiez moins sûr de vous, moins orgueilleux, moins insolent...

BEAUMARCHAIS : Sire, entendez-moi bien...

LOUIS XV (*avec humeur*) : Mais je n'entends que vous, Monsieur de Beaumarchais.

Un silence. Sartine et Conti se regardent, un peu inquiets pour leur protégé. Enfin, sa colère apaisée, le roi reprend sur un ton moins acerbe :

LOUIS XV : Comment vous apparaît votre avenir ?

BEAUMARCHAIS : Sire, depuis hier soir, je l'ai perdu de vue.

LOUIS XV : À l'écoute de la sentence qui vous frappait, il m'est venu... comme une idée... une idée étonnante.

BEAUMARCHAIS *(d'une voix flatteuse)* : Sire, le contraire m'eût étonné.

LOUIS XV : Vous ne pouvez ni exercer votre métier ni porter votre nom. Il vous en faut donc un qui soit d'emprunt... Et sous un nom d'emprunt, que peut-on faire ?

BEAUMARCHAIS : Sire, vous allez me l'apprendre.

Le roi se rengorge et sourit, sûr de l'effet qu'il va produire.

LOUIS XV : Agent secret, Monsieur, agent secret !

Beaumarchais, stupéfait, reste silencieux.

LOUIS XV : Qu'en dites-vous, Monsieur ?

BEAUMARCHAIS : Sire, les mots me manquent.

LOUIS XV : C'est bien la première fois.

Le roi regarde Sartine qui se lève et tend un parchemin à Beaumarchais.

SARTINE : Votre ordre de mission. Vous vous embarquerez pour Londres après-demain. Un ami vous arrangera un rendez-vous avec quelqu'un...

LOUIS XV : ... ou quelqu'une puisque son sexe n'a toujours pas été défini.

BEAUMARCHAIS *(vivement)* : Le chevalier d'Éon !

LOUIS XV : Mais vous savez donc tout ?

BEAUMARCHAIS : Peu de chose, sinon que ce monsieur... ou cette demoiselle fut le meilleur de vos agents.

SARTINE : Peut-être, oui, mais corrompu, menteur et hypocrite.

BEAUMARCHAIS : Je ne crois pas qu'un saint ferait ce métier-là.

LOUIS XV : C'est pourquoi je vous le propose. En bref, ce personnage détient un document de très grande importance... Un document fort dangereux pour la France.

SARTINE : Et qu'il vous faudra rapporter à n'importe quel prix !

Beaumarchais s'incline avec grâce.

BEAUMARCHAIS : Le service du roi n'a pas de prix.

LOUIS XV : Nous lui en avons cependant trouvé un : le rétablissement de tous vos droits civiques.

BEAUMARCHAIS : ... Et le bonheur de faire jouer ma pièce ?

LOUIS XV : Il va de soi.

Beaumarchais, rayonnant, s'incline plus profondément encore.

LOUIS XV : Votre nom est resté en blanc sur l'ordre de mission... Quel sera-t-il, Monsieur Caron ?

Beaumarchais réfléchit un instant.

BEAUMARCHAIS : Puis-je vous proposer Ronac ?

LOUIS XV *(intrigué)* : Ronac ?

BEAUMARCHAIS : Oui... mon nom inversé. Caron... Ronac. Le baron de Ronac.

LOUIS XV *(ironique)* : Eh bien, bonne chance, baron.

BEAUMARCHAIS *(la main sur le cœur)* : Sire, Votre Majesté...

LOUIS XV : ... est un peu fatiguée. Restons-en là, si vous le voulez bien. Sartine, expliquez-lui les détails de l'affaire. *(À Conti :)* À bientôt, cher cousin.

Les trois hommes qui se sont levés s'inclinent une dernière fois, tandis que le vieux roi, à la recherche de son souffle, pose sa main sur sa poitrine.

À l'Hôtel-Dieu. De part et d'autre d'un long couloir, des rideaux de lin blanc délimitent des sortes de loges réservées aux malades. On entend quelques plaintes derrière les rideaux.

La mère supérieure arpente le couloir à grands pas, suivie — ou plutôt poursuivie — par Marie-Thérèse qui s'efforce de régler son allure sur la sienne. Enfin la religieuse s'arrête, écarte le rideau et fait signe à la jeune femme d'entrer.

La lumière qui tombe des hautes fenêtres éclaire le visage meurtri de Gudin. Il dort. Marie-Thérèse se penche vers lui.

MARIE-THÉRÈSE *(à voix basse)* : Que disent les médecins ?

LA MÈRE SUPÉRIEURE : Qu'il lui faudra du temps.

MARIE-THÉRÈSE : Et la jeune femme ?

La religieuse écarte le rideau voisin. Mariette Lejay est très pâle. Elle aussi dort.

LA MÈRE SUPÉRIEURE : Elle vivra.

Marie-Thérèse sort une bourse de son manteau.

MARIE-THÉRÈSE : Monsieur de Beaumarchais me prie...

Mais la religieuse l'arrête d'un geste.

LA MÈRE SUPÉRIEURE : Le nécessaire a été fait...

MARIE-THÉRÈSE *(surprise)* : Par qui ?

LA MÈRE SUPÉRIEURE : Par Monsieur le prince de Conti.

Un brick chargé de peu de toile s'avance lentement dans le brouillard tandis que, fantomatiques, les installations du port de Londres glissent le long du voilier.

Beaumarchais, qui arpente le pont en soufflant dans ses doigts, est rejoint par Marie-Thérèse qui vient se serrer contre lui.

BEAUMARCHAIS : Tu as froid ?

MARIE-THÉRÈSE : Oui, mais surtout au cœur. Ce pays ne nous aime pas.

BEAUMARCHAIS : Et ce n'est pas nouveau. Depuis la conquête de l'Angleterre par les Normands, au XIᵉ siècle, la France et l'Angleterre se haïssent.

MARIE-THÉRÈSE : Oui, mais accepter d'y venir c'était pour toi la meilleure façon d'échapper aux galères.

BEAUMARCHAIS : Et c'est pour ça que je ne pouvais pas refuser cette mission.

MARIE-THÉRÈSE : Souhaitons qu'elle réussisse.

Émergeant du brouillard, un carrosse tiré par deux chevaux apparaît sur le quai. En sort un digne majordome qui s'avance vers Marie-Thérèse et Beaumarchais, tout occupés à surveiller le déchargement de leurs malles.

LE MAJORDOME : Monsieur de Ronac ?

BEAUMARCHAIS : Lui-même.

LE MAJORDOME : *Lord Rochford is waiting for you.*

Observé à distance par un homme enveloppé dans une cape grise, le couple se dirige vers le carrosse.

Dans le hall de l'hôtel Rochford illuminé un gentleman de fort belle apparence ouvre ses bras à Beaumarchais.

LORD ROCHFORD : Pierre-Augustin !

Ils tombent dans les bras l'un de l'autre.

BEAUMARCHAIS : William ! Dix ans, déjà. *(Il prend la main de Marie-Thérèse.)* Lord Rochford... Marie-Thérèse, ma moitié et mon tout.

MARIE-THÉRÈSE *(gaiement)* : J'espère aller au bout de la saison dans ce rôle écrasant.

BEAUMARCHAIS : Elle en aura, j'en suis sûr, le courage.

ROCHFORD : J'en suis moi-même persuadé. *(Il se tourne vers le majordome.)* Charles, montez les bagages de nos hôtes. *(À Beaumarchais :)* Demain je reçois ici même tout ce que Londres compte de gens importants. Le chevalier d'Éon sera là. Soyez prudent. Vous aurez dans cette île un ennemi à chaque coin de rue, et mes fonctions, au Conseil de la Couronne, m'interdisent de vous protéger.

Il s'incline devant Marie-Thérèse.

ROCHFORD : Et s'il vous plaît, Madame, réservez-moi votre première danse.

Le lendemain, à l'hôtel Rochford, la fête bat son plein. Un orchestre installé au centre du salon fait danser une douzaine de couples. De petits groupes d'invités discutent, ici et là, ou évoluent sur les terrasses.
L'aboyeur, en grande tenue, essaie de couvrir de sa voix les violons du bal.

L'ABOYEUR : Baron et baronne de Ronac !

Accueillis cérémonieusement par Lord Rochford, Beaumarchais et Marie-Thérèse font une entrée très remarquée, et notamment par l'homme en gris entrevu la veille sur le port.

ROCHFORD : Cher baron... Madame... soyez les bienvenus à Londres. *(Bas :)* Toute la colonie antifrançaise est là. N'oubliez pas que, pour ces gens, vous avez décidé d'émigrer en tant qu'opposants à la France.

BEAUMARCHAIS : Je ne l'oublierai pas, soyez tranquille. Le chevalier est là ?

ROCHFORD : Il danse devant vous.

Mais Beaumarchais ne voit devant lui qu'un jeune homme au visage maussade qui danse avec une très jolie jeune femme.

BEAUMARCHAIS : Quoi, ce jeune vieillard ?

ROCHFORD : Mais non, voyons, sa cavalière !

Marie-Thérèse, souriante, se penche vers son amant et lui souffle à l'oreille :

MARIE-THÉRÈSE : Et dire qu'il va me falloir te laisser avec cette merveille !

BEAUMARCHAIS : Les risques du métier !

Rochford fait un pas vers d'Éon qui l'observe et lui désigne discrètement Beaumarchais. D'Éon s'arrête de danser et, après une discrète révérence à son cavalier, emboîte le pas au maître de maison.

MARIE-THÉRÈSE : Tu crois que c'est un homme ?

BEAUMARCHAIS : Nous allons nous pencher sur ce mystère...

MARIE-THÉRÈSE *(gaiement)* : Ne te penche pas trop, mon amour.

Mais Lord Rochford revient en compagnie de la jeune femme et lui présente Beaumarchais.

ROCHFORD : Le baron de Ronac.

La jeune beauté plonge dans une révérence assez impertinente.

D'ÉON *(bas)* : Monsieur de Beaumarchais...

BEAUMARCHAIS : Ah, vous savez déjà !

D'ÉON : Ma police est bien faite...

Rochford, qui s'amuse beaucoup, achève les présentations.

ROCHFORD : Madame la baronne de Ronac... le chevalier d'Éon.

D'Éon adresse à Marie-Thérèse son sourire le plus troublant et le plus agressif.

D'ÉON : Je suis charmée, Mademoiselle de Willer.

ROCHFORD *(souriant, à Marie-Thérèse)* : Les pistolets étant déjà sortis, je dois vous protéger, Madame.

Il lui offre son bras et l'entraîne parmi les danseurs, tandis que Beaumarchais et d'Éon, tout en causant, s'isolent dans un coin du salon.

BEAUMARCHAIS : Je suppose, chevalier, que je

n'ai pas à vous apprendre la raison de ma présence à Londres ?

D'ÉON : Oui, en effet, je la connais. Mais si ce n'était pas vous, je n'aurais jamais pris le risque de négocier.

BEAUMARCHAIS : Vous me flattez. Eh bien, si nous commencions...

D'ÉON : Dame, nous sommes là pour ça.

D'un regard insistant, Beaumarchais apprécie le décolleté généreux du chevalier.

BEAUMARCHAIS : *Dame* est bien le mot, n'est-ce pas ?

D'ÉON : C'est l'un des deux possibles. Allons, mon cher, j'attends la question qui vous brûle les lèvres.

Beaumarchais recule d'un pas et examine longuement la silhouette du chevalier.

BEAUMARCHAIS : Êtes-vous bien ce que vous semblez être ?

D'ÉON : Et je semble être quoi ?

BEAUMARCHAIS : Une femme.

D'ÉON : Qu'en pensez-vous, mon cher ?

BEAUMARCHAIS *(dubitatif)* : Hm...

D'ÉON : Homme ?

BEAUMARCHAIS : Je n'ai pas dit *homme*, mais *hm*...

D'ÉON : En somme, il vous faut une preuve. Eh bien, offrez-moi votre bras.

Un peu embarrassé, Beaumarchais hésite à le lui tendre, et le chevalier lui sourit.

D'ÉON : Allons, Monsieur, soyez sans crainte. Il ne vous arrivera rien que vous ne souhaitiez.

Beaumarchais offre enfin son bras à d'Éon, et ils reprennent leur promenade dans le salon, observés à distance par le cavalier délaissé par le chevalier.

D'ÉON : On dit que vous aimez les femmes.

BEAUMARCHAIS : Oui, pour les avoir observées longuement en tant que dramaturge.

D'ÉON : Il ne vous plairait pas de continuer vos études... à leur sujet ?

BEAUMARCHAIS : Je n'aimerais pas me tromper d'objet. Mais revenons au fait, chevalier. Le roi n'ignore pas votre désir de rentrer dans notre pays.

D'ÉON : Mon désir le plus cher, en effet. On n'aime pas la France en Angleterre. Que devrais-je donc faire pour avoir le bonheur de revoir mon pays ?

BEAUMARCHAIS : Eh bien, tout simplement négocier avec moi le rachat d'un certain projet de notre souverain.

D'Éon sourit et jette un regard circonspect autour d'eux.

D'ÉON *(d'une voix basse)* : Un projet concernant l'invasion de l'Angleterre ?

BEAUMARCHAIS : ... Celui-là même que le roi vous a imprudemment confié.

D'ÉON : Un document d'un très grand prix.

BEAUMARCHAIS : Cinq cent mille... J'ai ordre de ne pas aller plus loin.

D'ÉON : Dommage. Une guerre avec l'Angleterre si elle avait connaissance de ce projet coûterait bien plus cher.

Beaumarchais retire son bras.

BEAUMARCHAIS : Cela mérite que nous y réfléchissions.

D'Éon reprend le bras de Beaumarchais.

D'ÉON : Allons le faire dans le parc. La nuit porte conseil, surtout quand elle est belle...

Ils franchissent la porte-fenêtre et s'avancent sur la terrasse. Marie-Thérèse, qui n'a pas cessé d'observer le couple, les voit sans grand plaisir s'enfoncer dans la nuit. Lord Rochford en profite pour la serrer d'un peu plus près.

ROCHFORD : Ne vous inquiétez pas. Pierre va réussir.

Rochford, du bout des doigts, effleure les cheveux de son invitée.

MARIE-THÉRÈSE : Mais à quel prix ! Il déteste l'échec.

Il approche doucement ses lèvres de l'oreille de la jeune femme.

ROCHFORD : Qui peut l'aimer ?

Arrivés dans le parc, Beaumarchais et d'Éon s'arrêtent sous un pin entouré de buissons. Le marchandage, toujours courtois, est devenu pourtant plus âpre. Ni l'un ni l'autre ne veut céder aux exigences de l'adversaire.

D'ÉON : Mais c'est moi qui ai fait savoir au roi que j'étais prêt à lui rendre ce plan. J'en ai même donné le prix à notre ami Sartine — et il a dû vous le communiquer. Ne revenons donc pas sur le chiffre fixé.

BEAUMARCHAIS : Cinq cent cinquante...

D'ÉON : Nous sommes encore loin du compte.

BEAUMARCHAIS : Six cents.

D'ÉON : Encore un effort, cher ami, et vous arriverez au prix dont nous étions convenus et sur lequel je ne rabattrai pas.

BEAUMARCHAIS *(avec un soupir)* : Alors, sept cents.

D'ÉON : Un prix d'ami... Mais je veux l'argent dès demain, en fin de matinée. Ici même.

BEAUMARCHAIS : Et si j'oublie le rendez-vous ?

D'ÉON : Alors vous coucherez le soir même en prison, car le projet du roi de France sera déposé dès une heure sur le bureau du roi d'Angleterre.

BEAUMARCHAIS : Je ne serai pas en retard.

Il s'incline devant d'Éon et tourne les talons, mais celui-ci le rappelle.

D'ÉON : Est-ce une habitude chez vous, Monsieur de Beaumarchais, de quitter brusquement une femme après avoir obtenu d'elle ce que vous en désiriez ?

BEAUMARCHAIS : Quand je la paie... oui.

D'Éon éclate de rire et cambre coquettement les reins.

D'ÉON : Mais qui paie l'autre ? Vous avez pris votre commission, n'est-ce pas ? Prenez aussi le temps de vivre...

Beaumarchais désigne le danseur de d'Éon qui les observe à travers les buissons.

BEAUMARCHAIS : ... Sous les yeux d'un jaloux ? Cela me paralyse un peu, pour tout vous dire.

D'ÉON : Arthur ? Non, nos relations ne sont que politiques. D'ailleurs, ce n'est pas moi qu'il surveille, mais vous.

BEAUMARCHAIS : Moi... pourquoi ?

D'ÉON : Parce qu'il vous connaît, qu'il est américain et que sous un faux nom, comme vous, il est venu chercher ici un appui pour son peuple.

BEAUMARCHAIS : Présentez-moi, je vous en prie.

D'ÉON : Venez...

Le chevalier saisit le bras de Beaumarchais et l'entraîne au-devant de l'Américain qui a un mouvement de recul. Mais d'Éon le rassure d'un geste et les présente l'un à l'autre.

D'ÉON : Monsieur de Beaumarchais, *alias* baron de Ronac... Arthur Lee, *alias* Sir Witman.

Les deux hommes se serrent la main.

BEAUMARCHAIS : Je suis heureux de vous connaître, Monsieur. Il y a des années que j'essaie de convaincre Louis XV de porter intérêt à l'Amérique.

Un peu plus loin, caché derrière un tronc d'arbre, l'homme en gris les observe.

Dans une rue déserte, à l'aube, un cavalier est lancé au galop. Il tire soudain sur ses rênes, saute de sa selle en voltige et se rue vers la porte vernie d'un élégant cottage. Au bruit insistant du marteau, la tête décoiffée d'une jeune femme apparaît à la fenêtre, précédant celle, tout aussi décoiffée, du chevalier d'Éon.

D'ÉON *(en anglais)* : Que se passe-t-il donc, Andrew ?

87

Le cavalier est l'homme en gris qu'on a déjà vu sur le port et dans le parc, épiant Beaumarchais.

L'HOMME EN GRIS *(en anglais)* : Ouvre-moi, capitaine.

D'Éon jette une clef par la fenêtre et passe une robe de chambre.

Nous sommes maintenant dans le salon de la maison. L'homme en gris et d'Éon sont face à face.

L'HOMME EN GRIS *(en anglais)* : Votre plan ne vaut plus un shilling, chevalier. Louis XV vient de mourir !

D'Éon réfléchit un instant.

D'ÉON *(en anglais)* : Quelqu'un le sait ?

L'HOMME EN GRIS *(en anglais)* : Non, pas encore, mais le roi George l'apprendra à son réveil.

D'ÉON : Alors ne bouge pas d'ici et ne parle à personne. Ta fortune en dépend.

Maintenant c'est d'Éon lui-même, en uniforme de capitaine des Dragons, qui galope vers l'hôtel Rochford. Une serviette de cuir est fixée à sa selle. Arrivé devant la porte de l'hôtel, il desserre la sangle qui attachait la serviette et tire violemment sur le cordon.

Dans une chambre de l'hôtel, Beaumarchais examine le contenu de la serviette devant d'Éon qui bout d'impatience.

BEAUMARCHAIS : Envahir l'Angleterre... Un rêve ! Mais comme vous êtes nerveux, chevalier !

D'ÉON : Je suis pressé.

Beaumarchais renferme le document dans la serviette de cuir, prend un petit coffre ouvragé sur la table et le tend à d'Éon.

BEAUMARCHAIS : Voici votre salaire.

D'Éon s'empare vivement du coffret.

BEAUMARCHAIS : Tiens ! vous ne vérifiez pas...

D'ÉON : Je vous l'ai dit, je suis pressé.

Il s'incline rapidement devant Beaumarchais et se dirige vers la porte quand elle s'ouvre sur Marie-Thérèse qui sourit en découvrant d'Éon revêtu de son uniforme.

MARIE-THÉRÈSE : Ce costume vous va à ravir, chevalier.

D'ÉON : Merci. Adieu, Madame. Ah, j'oubliais... *(Il sort un papier de sa poche et le tend à Beaumarchais.)* L'adresse et l'heure de votre rendez-vous. Soyez exact : on ne fait pas attendre certaines gens.

Sur les quais embrumés de la Tamise, un misérable petit pub coincé entre les entrepôts.

Beaumarchais, vu de loin, franchit sa porte, observé par deux hommes qui se tiennent à l'écart. L'un est un officier en uniforme, l'autre Andrew, l'homme en gris.

ANDREW : C'est bien lui. Vous pouvez y aller.

L'OFFICIER : Nous avons tout le temps. Le pub n'a qu'une issue.

Dans la salle enfumée du pub, Beaumarchais et Lee, l'Américain, sont attablés. Autour d'eux des marins, des dockers qui parlent bruyamment ou s'esclaffent. Lee, attentif, écoute Beaumarchais qui s'exprime avec passion, mais à voix basse.

BEAUMARCHAIS : La mise en tutelle d'un peuple... pour ne pas dire en esclavage, m'a toujours paru scandaleuse, Monsieur Lee, et c'est pourquoi, depuis bien des années, je suis l'effort de l'Amérique, essayant de se libérer de la tyrannie de l'Angleterre. J'en parle très souvent, en France. Mais personne n'a consenti encore à m'écouter.

LEE : Et pourtant, affaiblir l'Angleterre est l'intérêt commun à nos deux peuples.

BEAUMARCHAIS : Qu'attendez-vous du mien ?

LEE : Des fusils, des canons, de la poudre.

BEAUMARCHAIS : Il n'y a qu'une chose qu'elle ne vous marchandera pas : son estime...

LEE : Mais vos bateaux reviendront dans vos ports chargés de toutes les richesses du Nouveau Monde...

BEAUMARCHAIS : Oui, et c'est ce que j'essaie vainement d'expliquer à mes compatriotes.

Une silhouette furtive traverse le champ d'une fenêtre. Lee qui l'a vue, se lève brusquement et va jeter un coup d'œil par le carreau : des ombres d'hommes armés évoluent sur le quai. Lee revient vite vers Beaumarchais.

LEE *(fébrile)* : Nous avons été dénoncés. Sortons d'ici.

Mais au moment où Beaumarchais se lève, la porte s'ouvre brutalement, et un petit groupe de soldats, conduits par l'officier et par Andrew, fait irruption dans le pub. En même temps, Lee s'est rué sur la porte-fenêtre qui donne sur la Tamise, l'ouvre d'un coup de pied et plonge dans le fleuve. Ayant hésité un instant, Beaumarchais est appréhendé par deux soldats. L'homme en gris s'approche de lui, le salue et lui montre la porte-fenêtre.

ANDREW : Vous ne suivez pas votre ami, Monsieur le baron ?

BEAUMARCHAIS : J'ai horreur de l'eau froide. Pourquoi m'arrêtez-vous ?

ANDREW : Pour intelligence avec l'ennemi.

BEAUMARCHAIS : Je suis sous la protection du roi de France.

ANDREW : Le roi est mort, Monsieur de Beaumarchais.

Stupéfait, Beaumarchais le regarde et reste sans voix.

Un peu plus tard, les mains liées, le col ouvert, il est poussé brutalement dans un cachot de la prison de Londres. Il s'affale le long du mur. La seule lumière vient de la grille qui sépare le cachot du couloir.

Tandis que ces événements se déroulent à la prison, nous voyons à l'hôtel Rochford le maître de maison traverser au pas de charge un petit salon et entrer sans frapper dans la chambre de Marie-Thérèse. Elle est au lit. À la vue de Lord Rochford, elle remonte son drap jusqu'au cou.

ROCHFORD *(ivre de rage)* : Madame, j'ai été trahi. Beaumarchais, sans m'en toucher mot, a rencontré secrètement un ennemi de l'Angleterre. Oui, Beaumarchais, mon hôte.

MARIE-THÉRÈSE : Où est-il ?

ROCHFORD : Qui ?

MARIE-THÉRÈSE : Pierre !

ROCHFORD : En prison. Au cachot. Et pour longtemps, j'espère.

Oubliant qu'elle est nue, Marie-Thérèse se dresse dans le lit.

MARIE-THÉRÈSE : Comment ? Que dites-vous ? En prison ?

Rochford prend une chemise sur un fauteuil, la jette à la jeune femme et repart vers la porte.

ROCHFORD *(glacial)* : Préparez vos bagages. Vous prenez le premier bateau !

Bouleversée, Marie-Thérèse saute du lit, à peine protégée par le voile léger qu'elle tient devant elle.

MARIE-THÉRÈSE : Je vous en prie, vous en supplie... Vous ne pouvez l'abandonner. Il faut que vous fassiez quelque chose.

Il la saisit brutalement par les épaules.

ROCHFORD : Avez-vous oublié que je suis conseiller du roi ? Dans cette affaire je risque ma carrière — et sans doute plus encore.

Faisant fi de toute pudeur, elle s'accroche à lui.

MARIE-THÉRÈSE : William... je vous en prie !

Il se libère sans trop de brusquerie de son étreinte et sort tandis qu'elle éclate en sanglots.

Rochford, lui, marche vers l'escalier, mais en haut des marches il hésite... et revient sur ses pas.

Il pousse doucement la porte de la chambre. Sur le grand lit, Marie-Thérèse est nue. Elle sanglote.

À la prison, on pousse Beaumarchais dans une cellule moins sordide que son premier cachot. Un

Beaumarchais, l'insolent

Photos du film d'Édouard Molinaro
scénario d'Édouard Molinaro et Jean-Claude Brisville,
sur une idée de Sacha Guitry.
Avec Fabrice Luchini, Manuel Blanc, Sandrine Kiberlain, Jacques Weber,
Michel Piccoli, Jean-François Balmer, Florence Thomassin, Michel Serrault,
Jean-Claude Brialy, Jean Yanne.

Beaumarchais en juge du tribunal des Chasses :
« Avant le rôle d'accusé, je joue les petits juges. »

Le duc de Chaulnes se bat en duel contre Beau-marchais.
Beaumarchais : « (...) j'ai déjà tué un homme en duel. »
Chaulnes : « Soyez tranquille : vous n'en tuerez pas deux ! »

Goëzman : « Monsieur, vous n'êtes pas ici dans un théâtre! »

Beaumarchais lors de son procès contre La Blache.

Beaumarchais rencontre Louis XV après avoir été blâmé par le Parlement : « Je ne crois pas qu'un saint ferait ce métier-là. »

Beaumarchais dans les docks de Londres.

Beaumarchais en prison à Londres :
« Je suis sûr qu'il cache son jeu. Tu vas voir, il va me faire sortir de cette jolie chambre. »

Beaumarchais et Marie-Thérèse quittent Londres.

Après le triomphe du *Barbier de Séville*, Beaumarchais rencontre à Versailles le comte de Provence, le prince de Conti et l'abbé. Le comte de Provence lui demande d'écrire la suite des aventures de Figaro pour les jouer dans son nouveau théâtre du Luxembourg.

La représentation du *Mariage de Figaro*.

Le duc de Chaulnes et Marion Ménard applaudissent la représentation. La pièce fait scandale.

Beaumarchais en prison après la représentation.
À Sartine : « Je ne sortirai d'ici qu'à une condition : que le roi ordonne la reprise du *Mariage.* »

Édouard Molinaro et Fabrice Luchini lors de la préparation de la scène du duel.

Beaumarchais écrit *Le Mariage de Figaro*.

Photos © A. Borrel

gardien lui enlève ses bracelets de fer, et sort. Par une sorte de vasistas fermé par une grille, la cellule communique avec une pièce contiguë. On entend une porte s'ouvrir. Beaumarchais s'approche de la grille et aperçoit le visage soucieux de Marie-Thérèse.

MARIE-THÉRÈSE : Pierre, Lord Rochford est inquiet. Les choses ne s'arrangent pas. Les Anglais ont été battus à Boston, et le roi George est furieux. Il maudit à grands cris tout ce qui touche à l'Amérique. William ne peut rien faire.

Les larmes lui sont venues aux yeux, et afin de ne pas ajouter à son inquiétude, Beaumarchais s'efforce à la légèreté.

BEAUMARCHAIS : Mais si... Je suis sûr qu'il cache son jeu. Tu vas voir, il va me sortir de cette jolie chambre.

Elle refoule ses larmes avec peine.

MARIE-THÉRÈSE : Comment es-tu traité ?

BEAUMARCHAIS : Moins bien que dans mes précédentes prisons. Ma cellule n'est pas des mieux tenues. Et puis, j'aurais besoin de quoi écrire.

95

Nous sommes maintenant au réfectoire de la prison. Ayant terminé leur repas quelques prisonniers entourent Beaumarchais qui, une feuille à la main, joue le rôle de Figaro. Avant que la scène commence, un grand éclat de rire annonce le succès de la lecture.

BEAUMARCHAIS : « Ma foi, Monsieur, les hommes n'ayant guère à choisir qu'entre la sottise et la folie, où je ne vois pas de profit je veux au moins du plaisir. Et vive la joie ! Qui sait si le monde durera encore trois semaines ! »

Tandis que de nouveaux rires, ponctués d'applaudissements, retentissent, un détenu anglais se penche vers un autre.

DÉTENU *(en anglais)* : Pourquoi rient-ils ?

Introduit par un geôlier, un personnage richement vêtu entre dans le réfectoire.

LE GEÔLIER ANGLAIS : Messieurs les Français, voici de la compagnie !

La main tendue, le nouvel arrivant, vêtu élégamment, fonce joyeusement sur Beaumarchais.

MORANDE *(à la cantonade)* : Monsieur de Beaumarchais, si j'avais su que vous étiez là, je me serais fait arrêter plus tôt.

Beaumarchais, amusé par le personnage, lui sourit.

BEAUMARCHAIS : À qui ai-je l'honneur ?

MORANDE : Thévenot de Morande, écrivain comme vous, mais le talent en moins.

Cette fois, Beaumarchais ne peut se retenir de rire.

BEAUMARCHAIS : Qu'écrivez-vous ?

MORANDE : Des horreurs... seulement des horreurs. J'inonde cette ville de lettres anonymes et de pamphlets signés que personne ne lit ! Ce n'est pas comme vous, Monsieur de Beaumarchais...

BEAUMARCHAIS : Et de quoi vivez-vous ?

MORANDE : Mais de la non-publication de mes œuvres ! On me donne beaucoup d'argent pour qu'elles ne sortent pas de chez l'imprimeur.

BEAUMARCHAIS : Activité qui n'est pas sans danger !

MORANDE : Hélas ! et c'est pourquoi je connais mieux cette prison que ma propre demeure. *(Il jette un coup d'œil sur les feuillets de Beaumarchais.)* Comment va Figaro ?

BEAUMARCHAIS : Vous connaissez ce drôle ?

MORANDE : Je sais que votre procès a inter-
rompu sa carrière.

Beaumarchais désigne les feuillets.

BEAUMARCHAIS : Je profite de mes vacances
ici pour le remettre au goût du jour.

Morande saisit un feuillet au hasard.

MORANDE : Puis-je ? *(Il lit.)* « Qui t'a donné
une philosophie si gaie ? »

BEAUMARCHAIS *(dans le rôle de Figaro)* :
« L'habitude du malheur. Je me presse de rire
de tout de peur d'être obligé d'en pleurer. »

MORANDE : Je donnerais ma fortune pour
avoir écrit cela !

BEAUMARCHAIS : Si j'en juge par votre habit,
l'hommage n'est pas mince... Et quel est le
sujet de votre dernier ouvrage ?

MORANDE : Il porte sur l'incapacité de votre
roi à honorer sa femme.

Beaumarchais a un haut-le-corps.

MORANDE : Eh oui, Monsieur, le roi Louis XVI

ne baise pas la reine, et j'ai menacé la Cour de France de le faire savoir au monde si le royaume ne m'assurait une retraite heureuse et dorée.

BEAUMARCHAIS : Et alors ?

MORANDE : Alors vous me voyez ici. Et on m'a même promis pis si je ne disais pas le lieu où est caché le manuscrit de mon ouvrage.

Beaumarchais le regarde avec un sourire rêveur.

Dans la nouvelle cellule affectée à Beaumarchais, des feuillets manuscrits jonchent une table grossière. De Beaumarchais et de Marie-Thérèse, invisibles aux yeux du spectateur, on n'entend que les voix à la fois étranglées et accélérées.

VOIX DE MARIE-THÉRÈSE : « Un défaut, Monsieur Figaro ? Un défaut ? En êtes-vous bien sûr ? »

VOIX DE BEAUMARCHAIS : « Il est amoureux. »

VOIX DE MARIE-THÉRÈSE : « Il est amoureux, et vous appelez ça un défaut ? »

VOIX DE BEAUMARCHAIS : « En réalité ce n'est que relativement à sa mauvaise fortune. »

Nous voyons maintenant Marie-Thérèse qui, les jambes nouées autour de la taille de Beaumarchais, lit les répliques de Rosine sur un feuillet qu'elle tient de la main gauche derrière la nuque de son partenaire. On devine qu'ils font l'amour debout tout en jouant le texte du *Barbier*. Ainsi s'explique l'altération de leurs voix.

MARIE-THÉRÈSE : « Pourquoi, Monsieur Figaro ? Je suis discrète. Le jeune vous appartient, il m'intéresse infiniment... Dites donc ! »

BEAUMARCHAIS *(d'une voix mourante)* : « Figurez-vous la plus jolie mignonne, douée, tendre, accorte et fraîche, agaçant l'appétit, pied furtif, taille adroite, élancée, bras dodus, bouche rosée, et des mains ! Des joues ! Des yeux ! »

MARIE-THÉRÈSE : Aaah !

BEAUMARCHAIS *(en écho)* : Aaah !

Un silence pendant lequel ils reprennent leur souffle.

BEAUMARCHAIS : Tu as aimé ?

MARIE-THÉRÈSE : Oh oui !

BEAUMARCHAIS : Je parle du nouveau texte...

MARIE-THÉRÈSE : Il faudrait que je le relise...
Je manque quelque peu de recul.

BEAUMARCHAIS : Il dépend seulement de toi
que tout Paris bientôt l'entende...

À travers une porte-fenêtre de son hôtel, nous
découvrons Rochford qui, en tenue d'intérieur,
travaille à son bureau. La porte s'ouvre doucement derrière lui et Marie-Thérèse paraît, mer-
veilleuse de beauté, dans une robe décolletée.
Elle s'approche du maître de maison. Une brève
conversation s'engage entre eux. Puis elle lui
remet un billet que Rochford déchiffre rapidement avant de lever les yeux sur la jeune femme et
de poser sa main sur la sienne.

Un petit groupe de civils et quelques soldats
conjuguant leurs efforts, enfoncent la porte d'une
imprimerie. Précédant Lord Rochford et Marie-
Thérèse, ils envahissent l'atelier et le saccagent.
D'une caisse éventrée à coups de crosse s'échap-
pent plusieurs centaines de pamphlets. Rochford
se saisit de l'un d'eux et le parcourt.
Dans le même temps, un officier revient de l'ar-
rière-salle en poussant devant lui un vieil homme
terrorisé que Rochford interroge — en anglais —
avec rudesse en lui désignant le pamphlet.

ROCHFORD : Premier tirage ?

L'IMPRIMEUR *(effrayé)* : Oui, Monseigneur... nous devions sortir la semaine prochaine.

ROCHFORD : Y a-t-il une édition française ?

Le vieil homme acquiesce en tremblant.

L'IMPRIMEUR : La composition est à peine commencée...

Sur le marbre quelques pages sont déjà imprimées.

ROCHFORD : Tu as l'original ?

L'IMPRIMEUR : Par ici, Monseigneur...

Le vieil homme emmène Rochford jusqu'à une énorme Bible à laquelle les soldats n'ont pas osé toucher. Elle recèle un tiroir secret dont l'imprimeur fait jouer le mécanisme. Quelques feuillets manuscrits apparaissent que Rochford tend à Marie-Thérèse. Elle les parcourt, et tout de suite son visage s'éclaire.

À Paris. Le visage soucieux, Gudin traverse en claudiquant la belle cour intérieure de l'hôtel de Conti. Il serre sous son bras en bandoulière une brochure en tous points semblable à celle que détient Lord Rochford.

Très élégant dans sa tenue d'intérieur, le vieux prince, allongé sur son immense lit, est plongé dans la lecture du pamphlet consacré aux insuffisances conjugales de Louis XVI. Il a l'air d'y trouver du plaisir, ainsi d'ailleurs que la très jeune fille légèrement vêtue qui l'assiste dans cette lecture.

Un peu plus loin, une deuxième jeune fille, guère plus habillée que la première, taquine du bout d'une plume un vieil abbé.

L'ABBÉ : Mademoiselle, ce n'est pas le moment : je lis mon bréviaire !

LA JEUNE FILLE : Et pourquoi maintenant, Monsieur l'abbé ?

L'ABBÉ *(regarde vers le prince)* : Pour qu'il y ait au moins, dans cette maison, une personne qui pense à Dieu !

Le prince se tourne vers Gudin qui attend anxieusement son verdict.

CONTI : Monsieur Gudin, si j'étais mon cousin le roi, je crois que ce pamphlet, loin de me consterner, me fouetterait le sang... et qu'il provoquerait ainsi chez moi un sursaut capable de donner un héritier à la Couronne. Oui, Monsieur, je me redresserais. Et sans tarder !

GUDIN : Oui, si Sa Majesté pouvait avoir votre sens de la plaisanterie...

CONTI : Mais il ne l'a pas, Dieu merci. Le roi a une sainte peur de voir ce texte rendu public, et s'il pense que seul Beaumarchais peut l'empêcher de voir le jour, il obtiendra sa libération. *(Il se lève et passe un pourpoint.)* Je vais de ce pas chez le roi.

Gudin se lève et le salue.

GUDIN : Ah, merci, Monseigneur, merci pour lui.

Conti achève de s'habiller.

CONTI : Savez-vous ce que Voltaire m'a dit de notre ami ? « Beaumarchais ne sera jamais tout à fait Molière parce que sa vie l'amuse beaucoup plus que son œuvre. »

Devant l'hôtel Rochford, Beaumarchais, en compagnie de son ami, surveille l'arrimage de ses malles sur un carrosse.
Il se tourne vers Rochford et lui ouvre les bras.

BEAUMARCHAIS : Comment vous remercier, mon ami ?

ROCHFORD : En vous consacrant désormais — et tout entier — à l'art d'écrire. Oui, oubliez la politique.

Ils se donnent l'accolade, puis Sir William retourne vers sa demeure sur le seuil de laquelle Marie-Thérèse, en tenue de voyage, vient d'apparaître, suivie par le butler portant le dernier sac.

Rochford embrasse longuement la main de la jeune femme et, sans que Beaumarchais puisse entendre quoi que ce soit, lui murmure quelques mots.

Lorsqu'elle arrive au carrosse, Beaumarchais, curieuse, l'interroge.

BEAUMARCHAIS : Que t'a-t-il dit ?

MARIE-THÉRÈSE *(désinvolte)* : Il m'a demandé en mariage.

Du seuil de son hôtel, Rochford les salue de la main.

ROCHFORD : Et longue vie au *Barbier de Séville* !

Le carrosse démarre et s'éloigne, emportant les amants.

Londres. Navire à quai. Accoudés tous les deux au bastingage, Marie-Thérèse et Beaumarchais regardent les dockers embarquer les dernières marchandises.

Une silhouette familière se profile soudain au bout du quai — celle de l'Américain Arthur Lee.

Beaumarchais, qui l'a reconnu, saute à terre et se précipite sur lui. Marie-Thérèse voit de loin les deux hommes échanger quelques répliques. Puis l'insurgé remet à Pierre un portefeuille de cuir noir que notre auteur serre précieusement sur sa poitrine avant de serrer fort la main de Lee et de revenir au navire.

Marie-Thérèse pointe un doigt vers le porte-feuille.

MARIE-THÉRÈSE : Tu veux vraiment retourner en prison ? Qu'est-ce qu'il t'a donné ?

BEAUMARCHAIS *(fièrement)* : La constitution des États-Unis d'Amérique.

Versailles. De fort mauvaise humeur, le jeune Louis XVI arpente son cabinet devant Sartine, inquiet, et Beaumarchais qui porte quelques documents sous le bras.

LE ROI *(très sec)* : Monsieur de Beaumar-chais, vous m'avez obligé à écrire au roi George qui n'est pas du tout notre ami. Quelle mouche vous a piqué ?

BEAUMARCHAIS : Le service du roi, Sire ! Je n'ai pu me résoudre à rentrer d'Angleterre sans avoir étouffé dans l'œuf ce libelle infa-mant. *(Et il tend à Louis le manuscrit du pam-phlet.)* En voici donc l'original.

Le roi se saisit des papiers, mais n'y prête que peu d'attention.

LE ROI : Je vous suis très reconnaissant de défendre l'honneur de ma famille, mais je pensais à ce contact que vous eûtes avec les insurgés américains.

BEAUMARCHAIS *(d'une voix assurée)* : Notre défunt roi Louis XV s'intéressait de près à la guerre d'Indépendance des colonies anglaises.

LE ROI *(très étonné)* : Comment le savez-vous ?

BEAUMARCHAIS : Lorsqu'il m'a envoyé à Londres, il m'a chargé d'un message secret pour Benjamin Franklin. Hélas, quand je suis arrivé, il venait de quitter le pays. J'ai donc brûlé ledit message.

Il est visible que le roi est sceptique. Il regarde Sartine, mais celui-ci esquisse un geste d'ignorance. Beaumarchais reprend la parole.

BEAUMARCHAIS *(au roi)* : Votre aïeul s'est toujours méfié des Anglais, Sire. Il a même songé à envahir leur royaume, de tous temps malin-tentionné. Ce plan l'atteste.

Beaumarchais tend au roi le plan acheté à d'Éon.

LE ROI : Projet bien dangereux... dangereux et ruineux.

Beaumarchais met sa main sur son cœur et profère avec force :

BEAUMARCHAIS : Sire, la victoire des Anglais sur les Américains signifierait la perte de nos possessions d'outre-mer et le renforcement de la puissance britannique. La France se doit de l'empêcher.

Toujours réprobateur, le roi hoche la tête.

LE ROI : Non, cela coûterait beaucoup trop cher.

BEAUMARCHAIS *(d'un ton résolu)* : Trois millions, Sire. J'ai fait les comptes. Si je puis me permettre...

Le roi hausse légèrement les épaules.

LE ROI : Vous vous êtes déjà permis tant de choses...

BEAUMARCHAIS : Je suis tout prêt à avancer le premier million sur ma fortune personnelle. Pour le second, je me fais fort de l'obtenir du roi d'Espagne. Reste un million au compte du royaume.

Éberlué par l'assurance de Beaumarchais, le roi

consulte du regard Sartine qui paraît ébranlé par la conviction de Pierre.

LE ROI : On vous a beaucoup reproché de vous mettre en avant en toutes circonstances. Maintenant, je comprends pourquoi.

Beaumarchais se redresse fièrement.

BEAUMARCHAIS : Sire, vous nous voyez nous mettant en arrière quand la patrie est menacée...

LE ROI *(en souriant)* : Qu'entendez-vous par *nous* ?

BEAUMARCHAIS : Par nous, j'entends la France.

LE ROI : ... Et quand la France réussit quelque chose, vous dites encore *nous* ?

BEAUMARCHAIS : Non, là, je dis « le roi ».

LE ROI : Bien. Mais, dites-moi, pourquoi vous passionnez-vous pour ce projet ?

BEAUMARCHAIS : Pour la France d'abord... Et puis aussi parce que je suis en train de traduire la Déclaration d'Indépendance des États-Unis.

Beaumarchais montre le portefeuille de cuir noir que le roi écarte d'un geste.

LE ROI : Et que dit-elle cette Déclaration ?

BEAUMARCHAIS : Elle parle du peuple et de son droit le plus sacré.

LE ROI : Quel droit ?

Un silence. Beaumarchais regarde le roi.

BEAUMARCHAIS : Sire, le droit au bonheur.

Le visage du roi se ferme. Cette fois Beaumarchais est allé trop loin.

LE ROI *(sèchement)* : Sartine, veuillez raccompagner Monsieur de Beaumarchais.

Beaumarchais s'incline sans mot dire et suit Sartine en direction de la porte.
Ils sortent du palais et se dirigent vers leurs carrosses.

SARTINE *(d'un ton irrité)* : Louis XV s'intéressant aux insurgés américains ! C'est ta dernière invention ?

BEAUMARCHAIS : En tout cas, si son successeur s'engage à leur côté, il laissera dans l'Histoire le souvenir d'un grand roi.

SARTINE *(ironique)* : Et toi celui de son inspirateur !

BEAUMARCHAIS : Inspiré, je le suis par métier. Comment le trouves-tu, ce gros garçon ?

SARTINE : Le roi ? Il est un peu trop tôt...

BEAUMARCHAIS : Eh bien, moi, il me plaît. Je le sens plein de volonté.

Sartine s'arrête, croise les bras et ne peut s'empêcher de rire.

SARTINE : Dis plutôt que tu le sens prêt à obéir à la tienne.

Ils s'arrêtent devant le carrosse de Beaumarchais où les attend Gudin. Sartine le salue et tend la main à Beaumarchais.

SARTINE *(ironique)* : Je te verrais très bien ministre.

BEAUMARCHAIS : J'y pense quelquefois. À bientôt, cher Antoine.

Tandis que Sartine s'éloigne, Gudin interroge Beaumarchais.

GUDIN : Que pensez-vous de notre nouveau roi ?

BEAUMARCHAIS : Il a du ventre, du cœur et sans doute de la cervelle.

GUDIN : Et dans tout ça , que deviennent vos droits civiques ?

Beaumarchais ouvre la porte de son carrosse, invite du geste Gudin à y monter, puis prend place à côté de lui.

BEAUMARCHAIS : Ils me reviennent doucement. Nous allons reprendre le *Barbier*... J'y ai travaillé en prison.

GUDIN *(gaiement)* : N'est-ce pas là où, en fin de compte, vous travaillez le mieux ?

BEAUMARCHAIS : En tout cas *Figaro* y a pris du poids. Je lui ai ajouté un acte.

GUDIN : Un acte... mais c'est énorme.

Beaumarchais a un petit rire satisfait.

BEAUMARCHAIS : Oh, juste la distance qui sépare le succès du triomphe !

Ce n'est pas un triomphe, mais un tremblement de terre qui ébranle la salle de l'ancien Théâtre-Français tandis que les acteurs, décomposés, saluent en tentant d'éviter les projectiles de différente nature en provenance du public.
Huées, sifflets et quolibets accompagnent la chute du rideau.

Gudin et Marie-Thérèse, qui encadrent la timide Madame Lejay, sont aussi consternés par l'accueil du public que par les propos des critiques qui les entourent.

Un jeune homme, déconcerté, murmure quelques mots à l'adresse de son voisin.

JEUNE CRITIQUE : Que dire de cela ?

LE VOISIN : Seulement que cette farce dégoûtante n'a que trois jours à vivre.

Marie-Thérèse se tourne vers Gudin.

MARIE-THÉRÈSE : Venez, Pierre a besoin de nous.

Dans le tumulte des coulisses, trois acteurs se fraient un passage vers leur loge en retirant les diverses denrées qui maculent leurs costumes.

LE COMTE ALMAVIVA : Comment appellerais-tu ça ?

BARTHOLO : Un désastre... et je pèse le mot.

BAZILE : On peut survivre au blâme ou même à la prison, mais pas au ridicule.

Dans un coin, Rosine en larmes tient — un peu trop tendrement — la main de son auteur, affalé sur une panière. À ce moment paraît Marie-Thérèse dont le visage, à ce spectacle, se ferme.

Rosine retire vivement sa main tandis que Gudin, furieux, se rue sur Beaumarchais.

GUDIN : Mais qu'avez-vous fait, malheureux, à cette comédie ? En l'allongeant d'un acte, vous l'avez alourdie, vulgarisée. Elle est méconnaissable.

Beaumarchais lève calmement les yeux sur le jeune homme.

BEAUMARCHAIS : Oui, vous avez raison. En voulant faire rire à tout prix, j'ai trahi mon propos. Sans doute ne suis-je pas un véritable auteur. *(Il se lève.)* Je vais retourner aux affaires. Mes dons y sont plus affirmés.

Il s'éloigne déjà vers la sortie, mais Gudin le retient fermement par le bras.

GUDIN : Ah non, n'ajoutez pas la lâcheté à la paresse. Il vous suffit de supprimer les répliques les plus racoleuses et de revenir, de ce fait, à votre première version.

Beaumarchais se dégage avec humeur de l'étreinte de Gudin.

BEAUMARCHAIS : Faites-le donc vous-même, Monsieur le biographe, puisque vous savez si bien ce qu'il faut faire. Pour moi, je ne toucherai plus à ce misérable brouillon.

Il s'éloigne à grands pas sous le regard noir de Gudin.

D'une plume aussi courroucée que l'était plus haut son visage, Gudin achève d'annoter les derniers feuillets d'une copie du *Barbier*. Assise non loin de lui, dans ce salon de l'hôtel de Condé, Marie-Thérèse travaille à son ouvrage. Elle a le regard triste.

MARIE-THÉRÈSE : Vous et moi aimions le même homme. Mais ce n'était, hélas, qu'un mirage. Je le croyais constant. Vous l'aviez imaginé rigoureux. Il n'est ni l'un ni l'autre.

Dans l'antichambre, un pas rapide et familier — et Beaumarchais fait son entrée. Sa bonne humeur paraît un peu forcée. Il embrasse Marie-Thérèse et montre de l'index la copie du *Barbier*.

BEAUMARCHAIS *(ironique)* : Alors, mon cher ami, vous l'avez tout de même écrit, votre *Barbier*...

Gudin referme sèchement le manuscrit.

GUDIN : Il n'y a là-dedans, Monsieur, pas un mot qui ne soit de vous.

La tête haute, il quitte dignement la pièce.

BEAUMARCHAIS : Bon, le voilà fâché.

115

MARIE-THÉRÈSE : Non, déçu.

Des coulisses de l'ancien Théâtre-Français, on entend le public applaudir à tout rompre — et dans la salle, parmi les spectateurs enthousiastes, encadré par les deux jeunes filles que nous connaissons, le vieux prince de Conti n'est pas le moins heureux.

Cramoisie de bonheur, Rosine sortant de scène est happée par Gudin.

GUDIN : Où est Pierre ?

ROSINE *(tout essoufflée)* : Il n'est pas là.

Le rideau se relève. Elle court saluer, puis revient en coulisses. Gudin l'attrape par le bras.

GUDIN : Mais où est-il ?

ROSINE : Une heure avant que le rideau se lève, un homme est venu le chercher.

GUDIN : Quel homme ?

ROSINE : Une sorte de gros bourgeois accompagné de son valet.

Laissant Gudin perplexe, elle court de nouveau en scène, appelée par les applaudissements.

Un valet muni d'une torche précède sur un escalier d'apparat plongé dans l'ombre un gros homme vêtu avec soin et Beaumarchais lui-même.

LE BOURGEOIS : Les appartements du premier sont les plus agréables à habiter. Je vous conseillerais d'installer vos bureaux au second.

BEAUMARCHAIS : Je reviendrai demain voir tout cela à la lumière du jour.

LE BOURGEOIS : L'heure est en effet peu propice à une visite domiciliaire.

BEAUMARCHAIS : Je voulais avant tout fuir une épreuve.

Le bourgeois a un petit sourire entendu.

LE BOURGEOIS : Ah ! la représentation de votre comédie ?

BEAUMARCHAIS : Oui, je vous avouerai qu'un deuxième échec me serait insupportable.

Arrivés dans le vestibule, au bas de l'escalier, les deux hommes sortent de l'hôtel.
Deux carrosses les attendent dans la cour.

Beaumarchais et son nouveau propriétaire échangent un reçu contre une bourse.

LE BOURGEOIS : Le notaire sera ici demain à onze heures. Cela vous convient-il ?

BEAUMARCHAIS : Parfaitement.

À ce moment, le bourgeois aperçoit une très jolie fille qui flatte les naseaux d'un des chevaux et l'interpelle.

LE BOURGEOIS : Ah ! Lison... Viens. *(Il se tourne vers Beaumarchais.)* Puis-je vous présenter ma fille ? Cette idiote s'est mis en tête de faire du théâtre... Lison... Monsieur de Beaumarchais.
Si le visage de la mignonne, qui ne nous est pas tout à fait inconnu, est angélique, le décolleté qu'elle propose, en plongeant dans sa révérence, n'a rien de virginal — et Beaumarchais n'y est pas insensible.

BEAUMARCHAIS : Auriez-vous, Mademoiselle, déjà joué la comédie ?

Lison regarde Beaumarchais avec effronterie.

LISON : Non, Monsieur, mais je lis des poèmes pour le prince de Conti.

Beaumarchais, d'un air grave, hoche la tête.

BEAUMARCHAIS : Une excellente école !

Il fait nuit. À l'hôtel de Condé, la chambre de Marie-Thérèse, plongée dans l'ombre. Une faible lueur sous la porte qui s'ouvre doucement. Beaumarchais entre, un bougeoir à la main, s'approche de sa compagne qui paraît dormir. Il lui parle tout bas.

BEAUMARCHAIS : Je sais bien que tu ne dors pas. Mais tu dois le savoir : tout ce qui se passe en dehors de cette chambre n'a aucune importance. Aussi longtemps que tu pourras me supporter, je te prie de rester auprès de moi.

Elle ne répond pas. Il se redresse et contourne le lit sans voir une larme qui perle doucement sous la paupière de Marie-Thérèse.
Il souffle la bougie, et c'est l'obscurité.

Vu d'en haut, pressé comme toujours, Beaumarchais traverse la cour de son hôtel en direction de son carrosse.
Il discute très vivement avec Gudin qui le suit, une brochure à la main, et s'engouffre dans son carrosse dont il reclaque sèchement la porte. Gudin revient en grommelant vers la maison.
Le voici maintenant qui entre dans le salon où Marie-Thérèse travaille à son ouvrage. Il est de

fort mauvaise humeur, lui désigne la brochure imprimée et l'interroge d'un ton rogue.

GUDIN : Vous avez lu ?

MARIE-THÉRÈSE *(un peu désabusée)* : Oui, et je ne comprends pas. Après le succès du *Barbier*, ce règlement de comptes avec ces messieurs de la critique me paraît pour le moins superflu.

GUDIN : Peut-être, mais du même coup il a trouvé un excellent sujet de comédie.

MARIE-THÉRÈSE *(sceptique)* : Figaro fils naturel de Bartholo... vous y croyez, vous, mon ami ?

GUDIN : La situation importe moins que le caractère de Figaro qui sort ainsi de la tradition : un valet, mais intelligent, ayant la tête politique. Un vrai héros de notre temps... vous comprenez ? Pierre doit écrire cette pièce. Il le faut.

MARIE-THÉRÈSE : Le lui avez-vous dit ?

GUDIN *(hausse rageusement les épaules)* : Il s'est moqué de moi. Il m'a dit que donner une suite à un succès relevait du commerce et non de l'art. Il faut que vous lui parliez.

MARIE-THÉRÈSE : À quoi bon ? Il ne m'écoutera pas plus que vous. Nous n'avons qu'une chance d'être entendus.

GUDIN *(il la regarde avec anxiété)* : Laquelle ?

MARIE-THÉRÈSE : Toucher en lui le courtisan qui ne dort jamais que d'un œil.

Séduit, Gudin a un léger sourire.

À Versailles. Sartine fait à Beaumarchais les honneurs de son cabinet richement décoré.

BEAUMARCHAIS : Tu as pris du galon, semble-t-il. Quel apparat ! Quel luxe !

SARTINE : Mais c'est que depuis hier je suis ministre de la Marine !

Et comme Beaumarchais esquisse un sourire narquois, il ajoute :

SARTINE : J'aimerais de ta part un peu plus de considération !

BEAUMARCHAIS : Crois-tu vraiment que commander à quelques coquilles de noix plutôt qu'à tous les policiers du royaume te confère plus de pouvoir ?

SARTINE : Non, certainement pas, mais au

moins, à la place où je suis à présent, vais-je pouvoir t'aider.

BEAUMARCHAIS : C'est-à-dire ?

Un soupçon d'ironie passe dans le regard de Sartine.

SARTINE : Eh bien, depuis que tes amis, les insurgés américains, ont commencé à remporter leurs premières victoires, le roi pense qu'il est urgent de les aider.

Beaumarchais pousse un soupir de soulagement.

BEAUMARCHAIS : Enfin !

SARTINE : Mais la France ne peut intervenir directement. Cette assistance doit rester officieuse. À toi de t'en charger.

L'ordre ébranle un peu Beaumarchais qui se gratte l'oreille.

BEAUMARCHAIS : Mais avec quel argent ?

SARTINE *(cynique)* : Le tien. Tu l'avais proposé au roi, si j'ai bonne mémoire. À toi de faire le commerce des produits américains.

BEAUMARCHAIS : En somme, je prends tous les risques et le gouvernement...

SARTINE : ... n'en prend aucun, oui, tu as bien compris. Nous ne devons à aucun prix éveiller la méfiance des Anglais. Si cela advenait, notre gouvernement serait obligé de te désavouer, voire de te condamner.

Avec un sourire fataliste, Beaumarchais opine du chef.

BEAUMARCHAIS : Pour ça, j'ai l'habitude.

Il sort du bureau de Sartine. Dans la Galerie des Glaces, un petit groupe de courtisans qui l'ont reconnu ricanent à sa vue. L'un d'eux se détache du groupe et vient vers lui.

LE COURTISAN (*hautain*) : On dit, Monsieur de Beaumarchais, que vous avez été horloger, il n'y a guère...

BEAUMARCHAIS : Oui, on le dit.

Le courtisan sort de sa poche une superbe montre qu'il balance au bout de sa chaîne.

LE COURTISAN : J'ai là une montre rétive à laquelle je tiens beaucoup. Voudriez-vous la regarder ?

Il tend la montre à Beaumarchais qui n'esquisse aucun geste vers elle.

BEAUMARCHAIS : Il y a trop de temps, Monsieur, que j'ai quitté l'état d'horloger. Je suis devenu maladroit.

Rejoint par ses amis qui rient sous cape, le courtisan insiste.

LE COURTISAN : Allons, Monsieur, on n'oublie pas ainsi sa condition première.

Beaumarchais s'incline légèrement, saisit la chaîne, observe un court instant l'objet... et le lâche. La montre s'écrase sur le parquet et se brise.

BEAUMARCHAIS *(avec un sourire)* : Je vous l'avais bien dit, Monsieur, je suis devenu maladroit.

Blême de rage, le courtisan ramasse les morceaux de sa montre tandis que l'on entend une voix, pleine de compassion :

LA VOIX : Vous étiez prévenu, Monsieur.

Surpris, Beaumarchais se retourne et reconnaît le prince de Conti, l'abbé qui l'accompagne et le comte de Provence, frère du roi.

BEAUMARCHAIS *(saluant)* : Messieurs... Monsieur l'abbé...

CONTI : Pourquoi n'étiez-vous pas au théâtre pour la reprise du *Barbier* ?

BEAUMARCHAIS : Monseigneur... la panique !

CONTI : Injustifiée. C'est une grande pièce.

BEAUMARCHAIS : Une pièce gaie, tout au plus.

CONTI : Mieux que gaie, instructive. Et à quand la prochaine ?

BEAUMARCHAIS : Je n'ai pas de sujet pour le moment.

CONTI : Mais si, et vous le savez bien. Figaro ne demande qu'à revenir sur le théâtre. J'ai lu votre *Lettre à la critique*.

Les courtisans commencent à se grouper autour de nos amis.
Leur présence incite Beaumarchais à adopter un ton un brin provocateur.

BEAUMARCHAIS : Si je convoquais une seconde fois cet effronté sur scène, Monseigneur, je craindrais trop que ses propos n'alertent la censure.

Le comte de Provence a un geste apaisant.

LE COMTE : Mais nous serions là pour vous protéger des bégueules. Et puis, vous savez que la construction de mon théâtre... le Théâtre du Luxembourg, va bientôt commencer. Je serais très flatté que l'inaugurent les nouvelles aventures de Figaro.

Beaumarchais le salue bien bas.

CONTI *(gaiement)* : Eh bien, mon cher Pierre, si le frère du roi vous le demande, il ne vous reste plus qu'à relever le défi.

Beaumarchais salue à nouveau.

BEAUMARCHAIS : Je le fais avec joie, Monseigneur.

Dans la cour de l'hôtel Hortalès loué, comme nous l'avons vu, par Beaumarchais, règne une intense activité. Des commis portant des meubles sur leurs épaules croisent des artisans de toutes les corporations, leurs outils à la main.
Beaumarchais et Gudin se dirigent rapidement vers le perron.

GUDIN : Qui est « Roderigue Hortalès » ?

BEAUMARCHAIS : Le directeur de cette compagnie.

GUDIN : Et ces gens, que font-ils ?

BEAUMARCHAIS : Ils aménagent les bureaux.

GUDIN : À quelles fins ?

À l'intérieur de l'hôtel, Beaumarchais, suivi de Gudin, escalade au pas de course l'escalier du premier étage.

BEAUMARCHAIS : ... Établir avec l'Amérique les premiers échanges commerciaux... Préparer l'avenir.

Sur le palier du premier, Gudin saisit soudainement le bras de Beaumarchais et l'arrête.

GUDIN : Pierre... « Roderigue Hortalès », c'est bien vous, n'est-ce pas ?

Un commis qui descend l'escalier du second tend au passage un bordereau à Beaumarchais — qu'il signe. Gudin insiste.

GUDIN : C'est vous, bien entendu ? Ne mentez pas.

Sans répondre, Beaumarchais entre dans une grande pièce claire ouverte sur le palier et où l'attend Marie-Thérèse.

BEAUMARCHAIS : Déjà là, mon amour. Il te plaît, cet étage ? J'ai pensé le garder pour nos appartements.

Un jeune portefaix, essoufflé, paraît en haut de l'escalier.

LE PORTEFAIX : Monsieur, on vous demande

en bas. Il y a un miroir si grand qu'on ne sait quoi en faire. Si vous pouviez nous le dire...

BEAUMARCHAIS : J'arrive.

Mais Gudin le retient au passage.

GUDIN : Et *Le Mariage de Figaro* que vous aviez promis d'écrire au prince de Conti ? Dire que je vous ai cru sur le moment... Mais vous ne l'écrirez jamais, cette pièce.

MARIE-THÉRÈSE *(doucement)* : Ne croyez pas cela.

Surpris par la sérénité de la jeune femme, Gudin se retourne vers elle et la regarde. Elle s'est mise de profil et, du plat de la main, lisse sa jupe vers le bas. Gudin découvre alors la légère convexité d'un début de grossesse.

MARIE-THÉRÈSE : Il finit toujours par tenir ses promesses.

Ému, et pour un instant apaisé, Gudin embrasse la jeune femme.

GUDIN : Je suis heureux pour vous.

BEAUMARCHAIS *(gaiement)* : Tu embrasses ma femme maintenant ?

D'un pas ferme, Gudin qui se dirige vers l'escalier passe devant Beaumarchais sans s'arrêter.

GUDIN : Je ne crois pas que vous la méritiez.

BEAUMARCHAIS : Où vas-tu ?

Mais Gudin est déjà en haut de l'escalier.

GUDIN : Reprendre votre biographie : *Les Tribulations d'un marchand de canons*.

Beaumarchais se tourne vers Marie-Thérèse.

BEAUMARCHAIS : Sais-tu ce que je n'aime pas en lui ?

MARIE-THÉRÈSE : Son enthousiasme.

BEAUMARCHAIS : ... Sa pureté.

Nous sommes maintenant sur le port de Bordeaux.

Il fait nuit. Un cheval aux sabots entourés de vieux chiffons tire vers un trois-mâts à quai un canon Gribeauval dont les roues, elles aussi, sont isolées du sol pour amortir le bruit. Un deuxième canon et plusieurs caisses de munitions, suspendus à des filins, sont déjà en train d'être chargés. Et derrière le premier bateau, bord à bord, on en distingue un autre dans la nuit.

Du quai, Beaumarchais et Lee surveillent le chargement.

BEAUMARCHAIS *(bas)* : Il a raison, Gudin : c'est de la mort dont je fais le trafic.

LEE : Qui est Gudin ?

BEAUMARCHAIS : Ma mauvaise conscience.

LEE *(ironique)* : Vous en avez donc une ?

BEAUMARCHAIS : J'ai bien droit à cette faiblesse.

LEE : Faites la guerre, comme nous, et vous verrez que tout deviendra simple.

Beaumarchais sort sa montre et la consulte.

BEAUMARCHAIS *(aux dockers)* : Nous sommes en retard. Messieurs, un peu plus vite, je vous prie. La marée n'attend pas.

Le dernier canon passe le bastingage et disparaît au-dessus du pont. Détendu, Beaumarchais se tourne vers Lee.

BEAUMARCHAIS : Nous voilà prêts pour la douane.

Le jeune homme a un haut-le-corps.

LEE : La douane ? Mais comment ? Vous n'avez pas...

BEAUMARCHAIS : La visite doit avoir lieu, et elle aura donc lieu.

Escorté d'un civil et suivi par six soldats en armes, un officier des douanes s'approche des deux hommes et se présente.

L'OFFICIER : Burgat, officier des douanes. Monsieur Hortalès ?

BEAUMARCHAIS : C'est moi.

L'OFFICIER : Sur commission de Monsieur Smith *(il montre le civil)* nous avons ordre d'inspecter votre bâtiment.

BEAUMARCHAIS *(s'incline courtoisement)* : Je vous en prie, Messieurs, faites votre devoir.

Lee, blême, regarde les visiteurs se diriger vers la passerelle.
Le pont du navire est désert, obscur. Mais Smith ne se laisse pas impressionner.

SMITH : Allons voir dans la cale.

Suivis par Beaumarchais et par Lee, les douaniers s'engagent dans l'escalier qui mène dans les profondeurs du navire. Mais, avant de s'y enfoncer, Beaumarchais fait un geste de la main à l'adresse du navire accoté au sien, et, comme s'ils n'attendaient que ce signal, ses matelots commencent à desserrer les amarres. Juste au moment où les deux bateaux se séparent, un jeune homme, à la surprise de Beaumarchais, saute sur le pont du vaisseau en partance.

BEAUMARCHAIS : Où allez-vous, Monsieur ?

LE JEUNE HOMME : En Amérique, Monsieur de Beaumarchais.

BEAUMARCHAIS : À quel titre ?

Le jeune homme s'incline avec grâce.

LE JEUNE HOMME : Marquis de La Fayette.

En bas, les soldats achèvent de fouiller les soutes : elles sont vides. Alors l'officier se tourne vers le civil anglais.

L'OFFICIER : On vous aura mal renseigné, Monsieur.

SMITH : Fouillez sous le plancher.

À cet instant, Beaumarchais, flegmatique, paraît au bas de l'escalier.

BEAUMARCHAIS : Sous le plancher, vous trouverez la coque — je l'espère du moins.

Sur un signe de l'officier, les soldats attaquent le plancher à coups de baïonnette.

Lee, décomposé, cherche le regard de Beaumarchais qui lui sourit, très calme.

BEAUMARCHAIS : Vous avez bien mauvaise mine, mon ami. Venez prendre l'air sur le pont.

Sans comprendre, Arthur Lee obtempère et remonte les marches derrière Beaumarchais.

Quand ils sont arrivés sur le pont, ils aperçoivent le trois-mâts, libre de toute amarre et déjà à une demi-encablure, qui dérive lentement au fil du fleuve.

Beaumarchais le désigne à Lee.

BEAUMARCHAIS : Votre cargaison, mon ami.

Et Arthur Lee comprend la ruse. Il pousse un long soupir de soulagement et serre affectueusement le bras de Beaumarchais.

À l'hôtel de Conti, dans le salon qui donne sur la chambre du prince, deux laquais allument les candélabres. Atmosphère de veillée funèbre. Dans un coin, deux jeunes filles prient.

Gudin entre silencieusement et se dirige vers l'abbé, lui aussi en prière, et lui parle à voix basse.

GUDIN : Pardonnez-moi, Monsieur l'abbé, de

vous troubler dans vos dévotions, mais je dois voir le prince.

L'abbé relève la tête et chuchote à l'oreille de Gudin.

L'ABBÉ : Il est très faible, Monsieur, et ne reçoit personne.

GUDIN : Vraiment personne ?

L'ABBÉ : ... Pas même le Seigneur ! Vous voyez, je fais antichambre ! Il refuse les sacrements.

GUDIN : Mais il ne refusera pas un message de Beaumarchais.

Au nom de Beaumarchais, l'abbé a un tressaillement.

L'ABBÉ : Peut-être pas. Je l'ai entendu plusieurs fois prononcer ce nom-là. Venez.

L'abbé, qui était à genoux, se lève et entraîne Gudin jusqu'à la porte de la chambre.

GUDIN *(bas)* : Comment est-ce arrivé ?

L'ABBÉ : Il conversait avec ces demoiselles, mais il a prolongé l'entretien au-delà de ce qui était raisonnable !

Gudin hoche la tête et, en silence, se glisse dans la chambre.

Elle est plongée dans la pénombre. Étendu sur son lit, le prince est blême et les yeux clos. Gudin s'approche et se penche sur lui.

GUDIN *(à voix basse)* : Monseigneur...

Conti ouvre les yeux et esquisse un pâle sourire.

CONTI *(d'une voix faible)* : Ah, mon petit Gudin... Où est Pierre ?

GUDIN : Il est en route, Monseigneur.

CONTI : Qu'il se dépêche.

GUDIN : Je vous en supplie, Monseigneur, rappelez-lui la promesse qu'il vous a faite. Il vous doit une comédie... il vous la doit.

Le prince fronce ses sourcils et cherche dans ses souvenirs, puis soudain, d'une voix plus ferme :

CONTI : Oui, *Figaro*... Je vais donc essayer de retenir encore un peu ma vie.

Un gros dossier sous le bras portant la mention « Roderigue Hortalès », Beaumarchais, apparemment de fort méchante humeur, marche rapidement vers une très grande maison entourée d'arbres — pendant qu'on entend en anglais, mais sans voir les interlocuteurs, le petit dialogue suivant :

LE MAJORDOME DE FRANKLIN : Monsieur de Beaumarchais est là, Monsieur l'ambassadeur.

FRANKLIN : Bien, Léo, faites-le entrer.

LE MAJORDOME *(à Beaumarchais)* : Le docteur Franklin vous attend, Monsieur.

Beaumarchais entre dans une salle envahie de vapeur.
Il marque un temps d'arrêt jusqu'au moment où, à travers la buée, il découvre Franklin dans son bain. Il s'incline bien bas.

BEAUMARCHAIS : Monsieur l'ambassadeur...

FRANKLIN *(en français)* : Alors, Monsieur de Beaumarchais... on me dit que vous n'êtes pas satisfait de vos amis américains ?

Tandis que la vapeur commence à se dissiper, Beaumarchais fait un pas en avant et montre son dossier à Franklin.

BEAUMARCHAIS : Ma société est au bord de la ruine, docteur. J'ai envoyé en Amérique plus de trente bateaux chargés d'armes et de poudre, et je n'ai, à ce jour, rien reçu en échange.

Franklin s'essuie soigneusement le visage.

FRANKLIN : Et qu'est-ce qui vous a poussé à nous envoyer ces bateaux, Monsieur de Beaumarchais ?

BEAUMARCHAIS : Mais je l'ai fait... par amour de la liberté !

Comme poussé par un ressort, Franklin, au mépris de toute pudeur, se dresse dans son bain, et aussitôt le majordome se précipite avec entre les mains un drap tendu.

FRANKLIN : Eh bien, soyez heureux ! Je viens de recevoir un message qui vous est destiné... là, sur la table. Lisez-le, je vous prie.

Beaumarchais prend la lettre et commence à la lire, à haute voix.

BEAUMARCHAIS : À Monsieur de Beaumarchais : « Le Congrès des États-Unis d'Amérique reconnaissant les grands efforts que vous avez fait pour leur cause... »

Étouffé par les bras puissants de l'ambassadeur, Beaumarchais ne peut finir sa phrase.

FRANKLIN *(enthousiaste)* : Le Congrès, Monsieur de Beaumarchais... le Congrès ! Vous êtes le héros du Nouveau Monde ! Est-ce que vous vous rendez compte ?

Et Beaumarchais, trempé, écrasé et piteux, prend soudain conscience de son désastre personnel.

Nous sommes de retour dans la chambre où Conti agonise. Il a les yeux fermés, et son souffle est de plus en plus court. Assis à son chevet, Beaumarchais qui le regarde avec tendresse, se décide à parler.

BEAUMARCHAIS : Monseigneur, vous ne croyez toujours pas en Dieu ?

CONTI : Il ne s'est jamais signalé à ma personne. Et maintenant il est trop tard.

BEAUMARCHAIS : Pas pour faire plaisir à tous ceux qui vous aiment, Monseigneur. Je vous le demande pour eux : acceptez, je vous prie, de recevoir les sacrements.

L'œil de Conti s'allume pour la dernière fois.

CONTI : Je le veux bien, mais à la condition que vous-même teniez votre promesse. Écrivez... Rendez-nous Figaro.

Pris au piège, Beaumarchais pousse un profond soupir.

La porte de la chambre s'ouvre, et Beaumarchais va chuchoter quelques mots à l'abbé.

BEAUMARCHAIS : Il vous réclame.

Heureux, l'abbé se signe et entre dans la chambre. Gudin, qui a compris, ne peut retenir un sourire. Avisant une jeune fille en prière, Beaumarchais lui prend le menton et murmure à Gudin :

BEAUMARCHAIS : Elle ferait un joli Chérubin, non ?

Et nous reconnaissons, en la personne de la petite demoiselle, la fille du propriétaire de Beaumarchais.

À l'hôtel Hortalès, dans le cabinet de travail entièrement vide, à l'exception d'une table et de deux chaises, Beaumarchais, assis à son bureau, écrit. Marie-Thérèse, à son côté, relit. Derrière eux, des centaines de dossiers sont posés à même le sol.

MARIE-THÉRÈSE : « Est-ce notre faute, à nous, si voulant museler un renard nous en attrapons deux ? » *(Elle lève les yeux sur Beaumarchais.)* J'adore cette Suzanne.

BEAUMARCHAIS : C'est parce qu'elle te res-
semble !

Plusieurs coups de marteau frappés à la porte
principale retentissent soudain.
Marie-Thérèse se lève et va regarder dans la
cour par la fenêtre.

BEAUMARCHAIS : Qui est-ce ?

MARIE-THÉRÈSE : Qui veux-tu que ce soit...
deux huissiers.

BEAUMARCHAIS : Va leur ouvrir, il n'y a plus
rien à saisir.

Elle sort, et Beaumarchais se replonge dans sa
pièce. Mais Gudin entre, tenant un commande-
ment à la main.

BEAUMARCHAIS : Qui réclame, cette fois ?

GUDIN : Votre propriétaire.

BEAUMARCHAIS : Il est bien plus riche que
moi.

Il ne jette même pas un coup d'œil au comman-
dement que Gudin a posé sur la table.

GUDIN : Prenez sa fille dans Chérubin, et il
se calmera.

BEAUMARCHAIS : Je dois d'abord finir le cinq. Ensuite nous avons la censure à affronter. Puis les comédiens...

Gudin lui tend une feuille de compte.

GUDIN : Oui, parlons-en des comédiens. Ils se moquent de vous. Vous avez vu comment ils font les comptes ?

Beaumarchais regarde les chiffres et blêmit.

BEAUMARCHAIS : Je crois que j'aurais préféré qu'on me crache au visage.

Sur la scène de l'ancien Théâtre-Français, les comédiens, en costume de ville, préparent une reprise du *Barbier de Séville*.

BARTHOLO : *La demoiselle est mineure.*

FIGARO : *Elle vient de s'émanciper !*

Venant de l'ombre de la salle, une voix interrompt soudain la répétition.

LA VOIX : Vous aussi, semble-t-il ?

Sur scène, les acteurs figés se regardent, puis Figaro prend la parole d'une voix incertaine.

141

FIGARO : Monsieur de Beaumarchais ?

Il sort de l'ombre et s'avance vers la scène.

BEAUMARCHAIS : Tiens, vous vous rappelez mon existence ? Alors ?... D'où tenez-vous le droit de jouer ma pièce ?

FIGARO (d'une voix assurée) : Cette comédie nous appartient, Monsieur.

Le visage de Beaumarchais apparaît à la lumière des quinquets.

BEAUMARCHAIS : Voilà qui est intéressant. Expliquez-moi cela.

À son tour, le comte s'avance sur le plateau.

LE COMTE ALMAVIVA : La pièce étant tombée sans avoir fait recette après deux jours, elle revenait donc de droit aux comédiens.

BEAUMARCHAIS : Je l'ai réécrite en trois jours, et elle a connu un succès sans précédent. Vous me devez, Messieurs, le neuvième de la recette, soit trois mille deux cent vingt-cinq livres !

Le comte rugit de fureur.

LE COMTE ALMAVIVA : Vous perdez la raison, Monsieur.

BEAUMARCHAIS : Et vous c'est un procès que vous allez perdre bientôt. Car les auteurs, Messieurs, se refusent à vivre de vos aumônes : la société que je viens de créer vous forcera, bon gré mal gré, à reconnaître nos droits. Nos droits d'auteur !

LE COMTE ALMAVIVA : C'est ce que nous verrons.

Beaumarchais brandit à bout de bras un manuscrit.

BEAUMARCHAIS : Il y a une chose en tout cas que vous ne verrez pas, c'est *Le Mariage de Figaro* que je viens de terminer et que je vais, de ce pas, proposer au Théâtre des Italiens.

Et sur ce, Beaumarchais, superbe d'indignation, tourne le dos au comte et s'éloigne. Mais une voix l'arrête.

ROSINE : Pierre !

Elle jette sa brochure aux pieds de ses partenaires.

ROSINE : Attends-moi.

Puis elle descend calmement les trois marches de la scène, va prendre la main de Beaumarchais et sort de la salle avec lui.

Consterné, Figaro prend le ciel à témoin :

FIGARO : Des droits d'auteur ! Où allons-nous ?

Le jour se lève. À l'hôtel Hortalès, Marie-Thérèse dort encore. On entend les pleurs d'un enfant. Elle se lève rapidement, passe dans la chambre voisine et se penche sur un berceau. L'enfant se calme. Quand elle revient dans sa chambre, elle constate que la place de son mari, dans le lit conjugal, est déserte. Un peu de lumière filtre sous la porte de son cabinet de travail — dont Marie-Thérèse entrouvre la porte.

MARIE-THÉRÈSE : Pierre ?

Mais c'est Gudin en train de lire qui est assis à la place de Beaumarchais. Surpris, il lève les yeux sur Marie-Thérèse qui s'est arrêtée sur le seuil, le visage défait.

GUDIN : ... Hier il est allé voir les Comédiens-Français... Avec une copie du *Mariage*. Il leur a fait sans doute une lecture.

Une grande tristesse envahit le visage de la jeune femme.

MARIE-THÉRÈSE : Une lecture !

144

Elle est au bord des larmes. Ému, Gudin fait le tour de la table et la rejoint près de la porte.

GUDIN *(avec douceur)* : Essayez de l'aimer tel qu'il est !

Elle se réfugie contre lui.

MARIE-THÉRÈSE : J'essaie, mais ce n'est pas facile.

Il lui caresse les cheveux un instant en silence. Elle s'apaise et le regarde.

MARIE-THÉRÈSE : Comment trouvez-vous la pièce ?

GUDIN : Il n'a jamais rien écrit de plus brillant ni de plus insolent !

Elle a un petit sourire fatigué.

MARIE-THÉRÈSE : Oui, et une fois de plus, il va se retrouver en prison.

GUDIN : La censure nous le dira...

Elle lui serre la main avec affection, puis, soudain, l'embrasse sur les lèvres — et il la regarde, troublé.

Maintenant un soleil matinal éclaire la cour de l'hôtel. Un carrosse s'arrête devant sa porte, Beaumarchais en descend, jette un regard inquiet vers les fenêtres du premier et va vers le perron. Pendant qu'il en gravit les marches et que le carrosse démarre, une main féminine lui fait un signe d'au revoir par la portière.

Tenant ses chaussures à la main, il pousse doucement la porte de sa chambre. Encore en chemise de nuit, assise dans son lit, Marie-Thérèse est en train de lire. Elle porte un doigt à ses lèvres.

MARIE-THÉRÈSE : Chut...

Elle lui montre une silhouette endormie auprès d'elle et, stupéfait, Beaumarchais reconnaît Gudin.

MARIE-THÉRÈSE *(bas)* : Tu sais bien que cela n'a aucune importance.

Et elle lui adresse un très joli sourire.

Dans les rues de Versailles, une voiture de louage roule vers le château. Gudin, pâle et silencieux, est assis à côté de Beaumarchais.

BEAUMARCHAIS : Allons, ne fais pas cette tête.

Figé, et n'osant même pas regarder son ami, Gudin ne répond pas. Feignant de se tromper sur la cause de son angoisse, Beaumarchais reprend :

146

BEAUMARCHAIS : C'est ma pièce qu'on va juger. Je ne risque pas les galères.

GUDIN : Les galères, non. Mais peut-être la Bastille.

BEAUMARCHAIS : Au moins y serai-je logé et nourri. Et je compte sur toi pour veiller sur ma femme.

Sous le regard ironiquement souriant de Beaumarchais, Gudin, rouge de confusion, baisse la tête.

La voiture s'arrête dans la cour d'honneur du château. Beaumarchais en descend et règle le cocher qui, déçu, regarde la pièce dans le creux de sa main.

LE COCHER : C'est tout ?

BEAUMARCHAIS : ... Tout ce que j'ai.

Sans écouter les grommellements de l'homme, il entraîne Gudin vers une aile du château.

À l'une des extrémités du salon de Breteuil, une estrade a été dressée. Elle est en pleine lumière, alors que les personnes formant le comité de censure, en face de l'estrade, sont confinées dans la pénombre. Dans un coin, derrière les censeurs, on distingue une sorte de loge dont les rideaux sont clos.

Tenant son manuscrit à la main, Beaumarchais entre, accueilli par un silence glacial.

Quelqu'un au premier rang, se lève.

LE BARON DE BRETEUIL : Je crois, mon cher ami, que vous connaissez tout le monde ?

Une voix de femme s'élève dans le salon.

LA VOIX : Je n'ai pas le plaisir de connaître Monsieur de Beaumarchais.

Le baron de Breteuil désigne à Beaumarchais une très jolie jeune femme.

BRETEUIL : Madame Vigée-Lebrun représente la reine.

Beaumarchais s'incline, charmeur.

BEAUMARCHAIS : C'est un honneur, Madame.

Il s'éclaircit la voix et pose son manuscrit sur la petite table qu'on a disposée sur l'estrade.

BEAUMARCHAIS : Avant toute chose, j'aimerais que vous sachiez, Madame, Messieurs, que je compte me soumettre sans réserve à toutes les corrections que vous suggérera mon ouvrage.

Un silence total accueille ses paroles. Il s'assoit, ouvre son manuscrit et respire profondément. Dans le salon, des valets circulent discrètement avec du thé et des gâteaux. Et il commence sa lecture.

BEAUMARCHAIS : *Le Mariage de Figaro...* Le théâtre représente une chambre à demi démeublée.

Et tandis que Gudin, nerveusement, fait des allées et venues dans le parc sous les fenêtres du salon, Beaumarchais continue sa lecture.

BEAUMARCHAIS *(dans le rôle de Figaro)* : « Qu'est-ce que tu tiens donc là ? » *(Dans le rôle de Suzanne :)* « Hélas ! L'heureux bonnet et le fortuné ruban qui renferment la nuit les cheveux de cette belle marraine... » *(Dans le rôle de Chérubin :)* « Son ruban de nuit ! Donne-le moi, mon cœur ! »

MME VIGÉE-LEBRUN : De quelle couleur, le ruban ?

Surpris, Beaumarchais s'interrompt et lève la tête.

BEAUMARCHAIS : Ma foi, Madame...

MME VIGÉE-LEBRUN : Rose ! Faites-le rose vif ! Il est important, ce ruban...

Beaumarchais s'incline en souriant.

Dans le parc, Gudin de plus en plus inquiet et tournant sur lui-même comme un ours en cage, finit par s'asseoir, épuisé, sur le socle d'une statue.

En haut, dans le salon, Beaumarchais est toujours en train de lire.

BEAUMARCHAIS *(dans le rôle de Figaro)* : « J'étais né pour être courtisan. » *(Dans le rôle de Suzanne :)* « On dit que c'est un métier si difficile ! » *(Dans le rôle de Figaro :)* « Recevoir, prendre et demander, voilà le secret en trois mots. »

Le baron de Breteuil, qui boit son thé à petites gorgées, lève la main.

BRETEUIL : Ne craignez-vous pas, mon cher Pierre, de choquer certains de nos amis ?

BEAUMARCHAIS : Sont-ils vraiment de nos amis s'ils se sentent visés ?

Appréciant la promptitude de la parade, Breteuil s'incline en souriant. Et Beaumarchais reprend sa lecture.

BEAUMARCHAIS *(dans le rôle d'Antonio)* : « Boire sans soif et faire l'amour en tout temps, Madame, il n'y a que ça qui nous distingue des autres bêtes. »

Au premier rang des censeurs, un homme gris à la bouche pincée interrompt le lecteur.

DESFONTAINES : N'y aurait-il point là comme une apologie de la débauche ?

BEAUMARCHAIS : Cher Monsieur Desfontaines, vous écrivez vous-même, et fort bien. Vous savez donc — et mieux que moi — qu'il nous faut inventer des personnages repoussoirs afin d'exalter les vertus de ceux que nous proposons en exemple. Dieu a toujours besoin du Diable.

Un murmure d'approbation salue la repartie.

Dans le parc, un valet muni d'une torche allume deux points de lumière de chaque côté de la porte. À quelques pas de là, Gudin qui s'était endormi sur son socle, se réveille et frissonne.

Dans le salon, Beaumarchais en est maintenant au cinquième acte.

BEAUMARCHAIS *(dans le rôle de Figaro)* : « Parce que vous êtes un grand seigneur vous vous croyez un grand génie ! Noblesse, fortune, un rang, des places, tout vous rend si fier ! Qu'avez-vous fait pour tant de bien ? Vous vous êtes donné la peine de naître et rien de plus ! »

Breteuil se penche vers Madame Vigée-Lebrun et lui parle à l'oreille.

BRETEUIL : C'est un peu raide, tout de même !

MME VIGÉE-LEBRUN : Attendons la suite... et la fin.

Dans le parc solitaire où la nuit est tombée, Gudin veille toujours, tandis que Beaumarchais lit les dernières répliques du *Mariage*.

BEAUMARCHAIS *(dans le rôle de Figaro)* : « J'étais pauvre, on me méprisait. J'ai montré quelque esprit, la haine est accourue. Une jolie femme et de la fortune... » *(Dans le rôle de Bartholo :)* « Les cœurs vont te revenir en foule. » *(Dans le rôle de Figaro :)* « Est-il possible ? » *(Dans le rôle de Bartholo :)* « Je les connais. » *(Dans le rôle de Figaro :)* « Ma femme et mon bien mis à part, tous me feront honneur et plaisir ! »

Beaumarchais referme son manuscrit. Un silence pesant. Pierre scrute la pénombre du salon et tente de briser la glace.

BEAUMARCHAIS : Je vous fais grâce des couplets chantés qui suivent cette dernière réplique, car passant par ma voix ils ne pourraient que susciter votre sévérité.

Le silence persiste, à chaque instant plus lourd, jusqu'au moment où, venant du fond de la salle, un applaudissement léger mais continu s'élève comme un chant d'oiseau.

Madame Vigée-Lebrun a un sourire et à son tour se remet à applaudir, immédiatement suivie par tous les membres du comité de censure.

La porte donnant sur le parc s'ouvre toute grande, libérant un tonnerre d'applaudissements, et Gudin, stupéfait, s'approche.

Tous les censeurs, enthousiastes, se sont groupés autour de Beaumarchais, et c'est à qui le félicitera le plus fort. Madame Vigée-Lebrun parvient non sans mal jusqu'à lui et lui parle à l'oreille :

MME VIGÉE-LEBRUN : On tient à vous féliciter et à vous assurer d'une protection vigilante.

Et, sans façon, prenant la main de Beaumarchais, la jeune femme l'entraîne vers la loge au fond du salon où sont assises deux spectatrices des plus discrètes. Un rideau se soulève. Un joli visage apparaît.

MME VIGÉE-LEBRUN : Monsieur de Beaumarchais... la reine.

Beaumarchais s'incline profondément.

LA REINE : Monsieur, votre comédie, bien qu'impertinente, est d'une gaieté qui, j'en suis sûre, réjouira le roi.

BEAUMARCHAIS : Je suis déjà comblé, Madame.

La reine se lève, imitée par sa demoiselle de compagnie.

LA REINE : J'ai décidé de recevoir ces messieurs du comité dans mes appartements pour une petite collation. Faites-moi l'amitié de vous joindre à nous.

Et Beaumarchais s'incline encore plus profondément.

Nous passons maintenant à l'hôtel Hortalès. Il fait nuit. Dans la cour, Beaumarchais et Gudin, ivres, titubent en direction de la porte. Arrivé le premier, Gudin actionne vivement le marteau. Seul le silence lui répond. Le visage réprobateur, Beaumarchais pousse de côté son ami, s'empare à son tour du marteau qu'il manœuvre entre deux doigts avec une infinie délicatesse. Et aussitôt la porte s'ouvre sur Césaire dont l'expression bouleversée dégrise Beaumarchais.

BEAUMARCHAIS : Mais qu'y a-t-il, Césaire ?

Le valet se met à pleurer. Beaumarchais le prend par le bras et le secoue.

BEAUMARCHAIS : Réponds. Mais qu'est-il arrivé ? Madame ?...

CÉSAIRE *(des sanglots plein la gorge)* : ... elle est partie, Monsieur. Avec Mademoiselle. Et toutes leurs affaires.

BEAUMARCHAIS : Partie pour où ? Elle n'a pas laissé de lettres ? Elle a dit quelque chose ?

Désespéré, Césaire secoue la tête. Gudin s'est écroulé sur une marche du perron. Beaumarchais s'assoit lourdement à côté de lui.

BEAUMARCHAIS : « L'auteur abandonné »... Bonne fin de chapitre.

Gudin, égaré, le regarde et pour la première fois le tutoie.

GUDIN : Qu'est-ce que tu racontes ?

BEAUMARCHAIS : Pour ta biographie. Qu'est-ce que tu en penses ?

Gudin hausse les épaules sans répondre.

BEAUMARCHAIS : Tu savais ?

Gudin baisse les yeux.
D'une fenêtre donnant sur la cour, Mariette observe la scène.

Dans la petite rue qui monte de la Seine vers le sommet de la colline où vient d'être construit le nouveau théâtre des Comédiens-Français, un monstrueux embouteillage bloque toute circulation. La foule impatiente qui se faufile à travers l'enchevêtrement des voitures essaie de s'approcher du temple fraîchement sorti de la glaise, et dédié à l'art dramatique par le comte de Provence. Un cordon de gardes royaux s'est déployé devant les grilles. Ils essaient vainement d'endiguer la bousculade. Un homme de méchante humeur manque de renverser un quidam.

LE QUIDAM : Faites attention, vous m'écrasez les pieds.

LE FURIEUX : C'est que je ne vois plus les miens, Monsieur !

Un étudiant proteste dans le sillage du furieux.

L'ÉTUDIANT : Si vous n'avez pas de billet, rentrez plutôt chez vous.

Tout en se débattant, le furieux interroge un bourgeois congestionné :

LE FURIEUX : Mais de quoi parle-t-il ?

LE BOURGEOIS : Du *Mariage de Figaro*, la pièce de Monsieur de Beaumarchais.

LE FURIEUX : Mais justement je veux rentrer

156

chez moi. J'ai horreur du théâtre ! Je ne vais jamais au théâtre !

Le bélier humain continue sa progression vers les grilles. Ici et là, des cris, des protestations. Une femme s'accroche à son mari.

LA FEMME : Ah, mon ami, j'étouffe !

Entraîné par la foule, le mari s'adresse à un jeune homme.

LE MARI : À quelle heure est prévue la représentation ?

LE JEUNE HOMME : À six heures, Monsieur, on lève le rideau.

LA FEMME : À six heures, je serai déjà morte !

Derrière les grilles, Gudin sort du théâtre et va parler à un officier de service.
Aidée par des soldats qui lui fraient le passage, une voiture de louage s'avance lentement vers l'entrée. Une femme voilée en descend. La grille s'entrouvre pour elle. Gudin vient lui baiser la main et l'entraîne vers le théâtre, tandis que nobles et courtisans commencent à arriver nombreux.
Pendant ce temps, Gudin installe l'inconnue dans une loge protégée des regards par un grillage. Il lui dit quelques mots à l'oreille et sort. Devant les grilles, à l'extérieur, l'aboyeur enchaîne les annonces.

L'ABOYEUR : Le carrosse de Monsieur l'ambassadeur des États-Unis, Benjamin Franklin... Le carrosse de Monseigneur le comte de Provence... Le carrosse de Monsieur le duc de Chaulnes.

Un peu vieilli, le duc met pied à terre et tend la main vers l'intérieur.

LE DUC : Venez, ma toute belle.

Marion Ménard apparaît sur le marchepied du carrosse. Elle porte avec grâce ses atours de duchesse. Le couple se fraie avec difficulté un chemin dans la foule.

LE DUC *(à la cantonade)* : Allons, de l'air, mes bons amis ! Vous savez qu'il m'en faut beaucoup !

Jouant de sa stature de colosse, il parvient non sans mal à pénétrer dans le théâtre. Derrière lui, la foule est devenue plus dense encore. Deux personnes inanimées passent de main en main au-dessus des têtes. À l'intérieur du hall, c'est une véritable cohue. Deux gardes nationaux pressés de toutes parts et soutenant debout un homme au visage bleu et aux yeux grands ouverts essaient de gagner la sortie. Ils croisent le duc et Marion qui s'apitoie sur leur passage.

MARION : Mon Dieu, pauvre garçon, il a l'air mal en point !

LE DUC : Il ne risque plus rien. Il est mort !

Le couple parvient au parterre où les places des grands sont réservées. Le duc, qui portait sa moitié à bout de bras afin qu'elle pût respirer, la pose délicatement sur le sol et s'avance dans l'allée centrale. Monsieur de Sartine est déjà là en compagnie de la « Rosine » du *Barbier* qui adresse à Marion un petit signe de la main.

MARION : Tiens, Sartine est toujours avec son égérie...

LE DUC : C'est un homme fidèle.

Marion hausse les épaules avec humeur.

MARION : On se demande à qui !

Le duc lance un regard de biais à sa femme.

LE DUC : Aux goûts de Beaumarchais !

Et il s'approche du comte de Provence qu'il salue.

LE DUC : Monseigneur, votre théâtre est grandiose !

LE COMTE : Je commence ce soir à le trouver un peu petit.

LE DUC : Petit pour Beaumarchais... mais il écrit si peu. Puis-je vous présenter la duchesse de Chaulnes ?

Et l'on voit le futur Louis XVIII s'incliner bas devant celle qui fit les beaux soirs du Vaudeville.

Un joyeux brouhaha bourdonne dans la salle bondée. Les spectateurs qui sont partout, debout, assis ou accroupis dans les allées ou sur les marches, s'interpellent ou se font des signes. Et maintenant, un murmure d'impatience emplit tout le théâtre.

Le grillage d'une loge, non loin de celle où se cache la femme inconnue, dissimule le visage anxieux de Beaumarchais. De l'intérieur de la loge, on entend une voix.

LA VOIX : ... Rien qu'une aile de poulet... C'est très léger, une aile.

BEAUMARCHAIS *(sans se retourner)* : Merci, je n'ai pas faim.

Le vieil abbé, car c'est lui qui vient de parler, tend à Beaumarchais une bouteille de champagne.

L'ABBÉ : Alors un peu de ce vin de Champagne... à la santé de Figaro.

Beaumarchais se retourne vers le vieil homme installé confortablement devant une table servie.

BEAUMARCHAIS : Non, j'ai la gorge trop ser-rée... Et si vous faisiez pour moi une prière ?

L'ABBÉ : Il faudrait pour cela que je fusse plus près du ciel que vous ne l'êtes vous-même.

Un sourire apparaît sur les lèvres de Beaumar-chais.

BEAUMARCHAIS : Ne soyez pas modeste, Monsieur l'abbé.

L'ABBÉ : Durant toute votre existence, avez-vous un instant cru en Dieu ?

BEAUMARCHAIS : En ce moment, j'aimerais bien y croire.

Soudain les coups du brigadier contre le plancher de la scène. Le silence se fait tandis que le visage de l'auteur se défait. L'abbé lui prend la main.

L'ABBÉ : Allons, courage. Après tout ce n'est pas votre vie qui dépend de cette pièce.

Le premier des trois coups retentit.

BEAUMARCHAIS : Oui, vous avez raison, c'est beaucoup plus que ça.

Il saisit son manteau, son tricorne et s'enfuit sur le troisième coup.

Et le rideau se lève sur un décor qui représente une chambre à demi démeublée. Devant une glace, Suzanne attache à sa tête un petit bouquet de fleurs d'oranger. Figaro, avec une toise, mesure le plancher.

FIGARO : *Dix-neuf pieds sur vingt-six.*

Suzanne se tourne vers son fiancé et lui montre sa coiffure.

SUZANNE : *Tiens, Figaro, voilà mon petit chapeau : le trouves-tu mieux ainsi ?*

Figaro le lui saisit des mains.

FIGARO : *Sans comparaison, ma charmante. Oh, que ce joli bouquet virginal, élevé sur la tête d'une belle fille, est doux le matin des noces, à l'œil amoureux d'un époux !...*

Dans sa loge, l'inconnue écoute, attentive et le visage toujours dissimulé... tandis que le manteau relevé, le chapeau sur les yeux, Beaumarchais fuit comme un voleur vers l'entrée du théâtre.
Soupçonneux, l'officier de garde l'interpelle :

L'OFFICIER : Hé, Monsieur, s'il vous plaît...

Beaumarchais se découvre.

L'OFFICIER : Excusez-moi, Monsieur de Beaumarchais.

Il descend maintenant les marches du grand escalier extérieur, mais une voix le cloue sur place.

LA VOIX : Beaumarchais ! Regardez... C'est lui.

Massée derrière les grilles, la foule qui a reconnu son héros crie son nom et l'applaudit très fort.

LA FOULE : Beaumarchais ! Beaumarchais !

Affolé, il fait demi-tour, remonte rapidement les marches et disparaît.

Dans le couloir qui mène à l'entrée des artistes gisent à même le sol un certain nombre de blessés sur lesquels se penchent les bonnes sœurs, et même deux ou trois cadavres. L'un d'eux glisse sur Beaumarchais au moment où il pousse la porte. Épouvanté, il recule et s'enfuit tandis qu'un énorme éclat de rire emplit la salle.

Il nous ramène sur la scène du nouveau Théâtre-Français où Figaro et Almaviva se font face.

LE COMTE ALMAVIVA : *Avec du caractère et de l'esprit, tu pourrais un jour t'avancer dans les bureaux.*

FIGARO : *De l'esprit pour s'avancer ? Monseigneur se rit du mien ! Médiocre et rampant : et l'on arrive à tout !*

163

Une nouvelle houle de rire accueille la réplique. Le duc de Chaulnes et le comte de Provence échangent un sourire.

LE COMTE ALMAVIVA : Il ne faudrait qu'étudier un peu sous moi la politique.

FIGARO : Je la sais !

LE COMTE ALMAVIVA : Comme l'anglais. Le fond de la langue !

Cette fois, c'est Gudin qui observe la scène à travers le grillage de sa loge. Figaro est en train de pérorer.

FIGARO : Oui, s'il y avait de quoi se vanter. Mais feindre d'ignorer ce que l'on sait, de savoir tout ce qu'on ignore...

Dans la pénombre les lèvres de Gudin bougent au rythme où Figaro dit son texte.

FIGARO : ... S'enfermer pour tailler des plumes et paraître profond quand on est, comme on dit, vide et creux !

Émue, Mariette suit sur les lèvres de Gudin le texte de Figaro.

FIGARO : Jouer bien ou mal un personnage, répandre des espions et pensionner des traîtres...

MARIE-ANTOINETTE : « ... amollir des cachets, intercepter des lettres, et tâcher d'ennoblir la pauvreté des moyens par l'importance des objets... ».

Éclairée par un candélabre, la reine lit à haute voix une brochure et face à elle Louis XVI fulmine dans son fauteuil, tandis que Madame Vigée-Lebrun achève le portrait de la lectrice.

MARIE-ANTOINETTE : « Voilà toute la politique où je meurs ! » *(Lisant la réplique du comte Almaviva :)* « Eh, c'est l'intrigue que tu définis ! » *(Figaro :)* « La politique, l'intrigue, volontiers, mais comme je les crois un peu germains, en fasse que voudra ! »

Le roi, du plat de la main, frappe rageusement le bras de son fauteuil.

LOUIS XVI : Hein ? Quoi ? Il a écrit cela ?

MARIE-ANTOINETTE : Il fallait le talent pour le faire.

Outré de la réponse de sa femme, le roi se tourne vers le peintre.

LOUIS XVI : Qu'en pensez-vous, Madame Vigée-Lebrun ?

MME VIGÉE-LEBRUN : ... Que ce n'est pas méchant, Sire.

Louis XVI lève les yeux au ciel et soupire.

LOUIS XVI *(à sa femme)* : Allons, continuez, mon amie.

Nous voici de retour sur la scène du Théâtre-Français où le portrait de Louis XVI trône au-dessus du fauteuil du comte qui officie avec solennité.

BRID'OISON : *A-anonyme ? Qué-el patron est-ce là ?*

FIGARO : *C'est le mien.*

DOUBLE-MAIN (écrit) : *Contre anonyme* Figaro. *Qualités ?*

FIGARO : *Gentilhomme.*

LE COMTE ALMAVIVA (sursaute) : *Vous êtes gentilhomme ?*

FIGARO : *Si le ciel l'eût voulu, je serais fils d'un prince !*

Le public rit, trépigne et applaudit.
Dans les coulisses, le rire du public parvient à

Beaumarchais, bousculé par les machinistes au travail. Rassuré, il s'approche timidement de la scène. Avec autorité, Suzanne lui prend la main et l'entraîne au bord du plateau.

Porté par la joie de la salle, l'acteur qui joue le personnage de Figaro ne peut se retenir de sur-jouer un brin.

> FIGARO (plaidant) : *Je soutiens, moi, que c'est la conjonction alternative* ou *qui sépare lesdits membres : je payerai la donzelle,* ou *je l'épouse-rai. À pédant, pédant et demi. Qu'il s'avise de parler latin, j'y suis grec : je l'extermine.*

Nouvel éclat de rire du public, bien disposé à s'amuser de tout. Beaumarchais, heureux, jette un regard vers la loge de l'abbé et disparaît...

... et réapparaît chez l'abbé dont le plaisir s'accorde à celui du public.

> L'ABBÉ : Regardez-moi ces gens... Comme ils ont l'air heureux ! Quand je pense que vous ne vouliez pas l'écrire, cette pièce !

Une sorte de gravité passe dans le regard de Beaumarchais.

> BEAUMARCHAIS : On dirait que Conti n'est mort que pour me contraindre à tenir ma promesse.

> L'ABBÉ *(hoche la tête)* : Conti n'y est pas pour grand-chose.

167

BEAUMARCHAIS : Mais que voulez-vous dire ?

L'ABBÉ : Qu'il était trop près de la mort pour penser à vous rappeler votre serment : il a fallu qu'on l'aide.

BEAUMARCHAIS : Qu'on l'aide... mais qui l'a aidé ?

L'ABBÉ : Dieu a mis près de vous le meilleur des amis.

Soudain Beaumarchais comprend, et son regard se tourne vers l'avant-scène grillagée qui lui fait face, de l'autre côté de la salle.

Seul en scène, Figaro, vêtu d'un long manteau, donne l'impression qu'il cherche du regard dans le public quelques-uns des grands de ce monde.

FIGARO : Que je voudrais bien tenir un de ces puissants de quatre jours, si légers sur le mal qu'ils ordonnent, quand une bonne disgrâce a cuvé son orgueil !

Le comte de Provence a un léger sursaut tandis que le duc de Chaulnes a de la peine à retenir un sourire et que Marion, pour sa part, s'amuse franchement.

FIGARO : Je lui dirais... que les sottises imprimées n'ont d'importance qu'aux lieux où l'on en gêne le cours ; que, sans la liberté de blâmer, il n'est point d'éloge flatteur ; et qu'il n'y a que les petits hommes qui redoutent les petits écrits.

Toute la salle éclate en applaudissements.

À Versailles, le roi, très pâle, se lève lentement de son fauteuil, sous le regard inquiet de la reine et de Madame Vigée-Lebrun.

LOUIS XVI : Madame, s'il vous plaît, voulez-vous me relire cette réplique...

La reine reprend la brochure.

LA REINE : « ... sans la liberté de blâmer, il n'est point d'éloge flatteur ; et qu'il n'y a que les petits hommes qui redoutent les petits écrits ».

Le roi frappe du plat de la main sur la table.

LOUIS XVI : Assez ! Je vous en prie... La Borde !

Le chambellan s'avance et regarde le roi griffonner quelque chose au dos d'une carte à jouer.

LA BORDE : Sire ?

LOUIS XVI : Donnez ceci à l'officier de garde.

Bouleversé, au bord des larmes, Beaumarchais s'approche de la loge de Gudin, mais s'arrête devant la porte, comme saisi de timidité.

Et venant de la scène, lui parvient, assourdie, la voix de Figaro.

FIGARO (invisible) : *Ô bizarre suite d'événements ! Comment cela m'est-il arrivé ? Pourquoi ces choses et non pas d'autres ? Qui les a fixées sur ma tête ?*

Dans la loge, Gudin semble envoûté par le texte de Beaumarchais. Ses lèvres bougent imperceptiblement. Émue, Mariette l'observe du coin de l'œil.

FIGARO : *Forcé de parcourir la route où je suis entré sans le savoir, comme j'en sortirai sans le vouloir, je l'ai jonchée d'autant de fleurs que ma gaieté me l'a permis...*

Un peu de lumière vient éclairer les cheveux de Gudin : derrière lui, la porte de la loge s'est entrouverte, et Beaumarchais, silencieusement, est entré.

Mariette se retourne et le voit, un doigt sur ses lèvres pour lui demander le silence. Absorbé par ce qu'il entend, Gudin ne s'aperçoit de rien.

FIGARO : *... Encore je dis ma gaieté sans savoir si elle est à moi plus que le reste, ni même quel*

*est ce moi dont je m'occupe : un assemblage
informe de parties inconnues, un petit animal
folâtre, un jeune homme ardent au plaisir
ayant tout le goût pour jouir...*

Beaumarchais, s'avançant doucement, s'arrête
derrière le fauteuil de Gudin, et Mariette s'aperçoit qu'il a des larmes dans les yeux.

FIGARO : *... Faisant tous les métiers pour vivre,
maître ici, valet là, selon qu'il plaît à la Fortune...*

Beaumarchais pose ses mains sur les épaules de
Gudin qui se retourne, se lève et découvre à son
tour l'émotion de son ami.

BEAUMARCHAIS *(bas)* : Tu n'as pas honte
d'avoir martyrisé un mourant !

GUDIN : Au contraire, je crois que j'ai aidé ce
mécréant de prince en donnant un sens à sa
mort.

Les deux hommes échangent un long sourire
avant de se jeter dans les bras l'un de l'autre, alors
que leur parvient toujours la voix de Figaro.

FIGARO : *... Ambitieux par vanité, laborieux par
nécessité, mais paresseux... avec délices ! Ora-
teur selon le danger, poète par délassement,
musicien par occasion, amoureux par folles
bouffées, j'ai tout vu, tout fait, tout usé !*

Encore nombreuse dans la nuit, la foule, ravie, écoute les couplets du vaudeville sur lesquels s'achève le *Mariage*... Un officier sort du théâtre et inspecte la place. Il est clair que la pièce touche à sa fin.

En effet, sur scène, toute la troupe est réunie — et Figaro, vigoureusement soutenu par l'orchestre, attaque le septième couplet :

> *FIGARO :*
> *Par le sort de la naissance*
> *L'un est roi, l'autre est berger :*
> *Le hasard fit leur distance,*
> *L'esprit seul peut tout changer*
> *De vingt rois que l'on encense*
> *Le trépas brise l'autel ;*
> *Et Voltaire est immortel...*

Beaumarchais qui a toujours son bras autour des épaules de Gudin regarde Brid'Oison s'avancer pour le dernier couplet.

> *BRID'OISON :*
> *Oui, Messieurs, la co-omédie*
> *Que l'on juge en cé-et instant*
> *Sauf erreur nous pein-eint la vie*
> *Du bon peuple qui l'entend.*
> *Qu'on l'opprime, il peste, il crie,*
> *Il s'agite de cent fa-açons.*
> *Tout fini-it par des chansons.*

La salle entière s'est levée. Elle rit, applaudit,

chante avec les acteurs, et les grands réunis au parterre ne sont pas les moins enthousiastes. Le comte de Provence lui-même, gagné par l'euphorie générale, se met à applaudir sans retenue.

Dans la loge, Beaumarchais et Gudin qui se congratulent ne s'aperçoivent pas que Mariette a fait jouer le mécanisme du grillage, exposant maintenant les deux hommes aux regards de la salle. En reconnaissant Beaumarchais, le public et les comédiens éclatent en applaudissements tandis que, dans la loge d'en face, l'inconnue soulève son voile pour essuyer ses larmes — et nous reconnaissons Marie-Thérèse.

Transfiguré, Beaumarchais salue le public. Gudin, modestement, s'est reculé dans l'ombre, mais Beaumarchais, le prenant par la main et l'amenant au bord de la loge, l'oblige à saluer avec lui.

En même temps, un jeune officier entre sans bruit dans la loge et tend à Mariette un billet déplié.

L'OFFICIER *(bas)* : De la part de Monsieur l'ambassadeur...

Elle prend connaissance du billet dont elle chuchote le contenu à l'oreille de Beaumarchais qui continue à répondre aux acclamations.

MARIETTE : Un billet de Franklin : « Merci, Pierre, vous nous avez donné deux fois la Liberté. »

Touché, Beaumarchais cherche au parterre le vieil ambassadeur, et les deux hommes échangent un long regard ému.

Puis on entend des coups vigoureux frappés à la porte de la loge. Beaumarchais se retourne et voit entrer un officier supérieur suivi de quatre soldats en armes.

L'OFFICIER : Monsieur de Beaumarchais ?

BEAUMARCHAIS : C'est moi.

L'homme lui tend un parchemin.

L'OFFICIER : Vous êtes en état d'arrestation, Monsieur. Ordre du roi.

Beaumarchais jette un coup d'œil au document, puis, calmement, va vers les soldats qui l'entourent et l'emmènent. Gudin a un regard désemparé vers la loge de Marie-Thérèse puis, prenant la main de Mariette, il l'entraîne à la suite des soldats. Marie-Thérèse qui a tout vu sort précipitamment de la loge et se fraie un passage jusqu'au duc de Chaulnes auquel elle murmure quelques mots. Celui-ci à son tour parle à l'oreille du comte de Provence. Après un long regard vers la loge désertée, le frère du roi prend Marie-Thérèse par le bras et l'entraîne, non sans peine, vers la sortie.

À Versailles, en présence du roi, Madame Vigée-Lebrun met la dernière touche au portrait de la reine.

La porte du cabinet s'entrouvre, et entre le chambellan.

LA BORDE : Sire, Monsieur le comte de Provence et Madame de Beaumarchais.

Précédant le frère du roi, Marie-Thérèse vient se prosterner aux pieds de Louis XVI.

À la prison de For l'Évêque, Beaumarchais, seul dans sa cellule, écrit à « haute voix ».

BEAUMARCHAIS : « Gudin, mon seul ami, j'ai donc retrouvé ma cellule. Les gens de la maison sont, comme toujours, remplis de prévenances à mon égard. En attendant que notre roi se décide à mettre fin à mon séjour ici, je te demande de me représenter à la prochaine réunion de la Société des auteurs... »

On frappe, la porte s'ouvre et le geôlier — le même que nous avons connu quelques années plus tôt — entre dans la cellule.

LE GEÔLIER : Monsieur de Sartine !

À son tour Sartine paraît. Il n'a pas l'air très à son aise et dissimule son embarras sous un empressement un peu factice.

SARTINE : Prépare tes affaires. On s'en va. Le roi estime que ta punition a assez duré.

Beaumarchais le regarde avec humeur.

BEAUMARCHAIS : Ah tiens ! Ainsi le roi punit... Le roi lève la punition...

SARTINE : Dépêche-toi.

BEAUMARCHAIS : Si je veux.

SARTINE : Pardon ?

BEAUMARCHAIS : Je ne sortirai d'ici qu'à une condition : que le roi ordonne la reprise du *Mariage* et que tout le Conseil assiste à la représentation. Oui, le Conseil au grand complet.

SARTINE : Et si le roi dit non ?

Visage sarcastique de Beaumarchais — et l'on entend sa voix : Le roi n'a pas dit non. Et tous les Grands applaudirent Figaro sans se douter qu'ils saluaient en même temps la naissance de la Révolution française.

DU MÊME AUTEUR

Composition Traitext
et impression Bussière Camedan Imprimeries
à Saint-Amand (Cher), le 23 février 1996.
Dépôt légal : février 1996.
Numéro d'imprimeur : 1/389.
ISBN 2-07-040035-2./Imprimé en France.

75800